國和大人國

目川文化

目錄

大人國遊記

格列佛是一位熱愛航海的外科醫生，18世紀的海洋還有許多未知的領域，所以航海對他來說就是一場挑戰自我的「壯遊」。

翻開《小人國和大人國》，讓格列佛帶領你一窺難分虛實的遙遠國度。它雖然是杜撰出來的幻想世界，但透過主人翁的詳細描述，小人國和大人國的格局、人們的身高、奇特的黨派理論和生死一瞬間的遭遇，立刻躍然紙上，畫面無比立體鮮明。

為了更方便閱讀，本書中還將許多敘述設計成「對話」，也清楚列出航海日記的日期，讓讀者彷彿歷歷在目，無比貼近故事情節。

閱讀前不妨問問自己，你曾幻想過自己身處一個陌生的小人國中，因為身材優勢而成為戰爭中的英雄嗎？或是你曾想像自己如果到了一個大人國裡，在所有人事物都比自己巨大的情況下，要如何安全的存活下來？

故事一開始，格列佛遇難漂流到小人國，小小的人們、動物、甚至是建築，著實讓人嘖嘖稱奇。在這裡，格列佛像巨人一樣一柱擎天，從一開始大家對他處於防備狀態，到後來不僅深受人民愛戴，還可以用自身的力量幫助小人國抵禦外敵。但是最後，他卻要面對統治者的猜忌以及其他人的迫害，倉促逃離出境。

之後，出海探險的迫切渴望又讓他誤闖大人國，這位曾幾何時，風靡小人國的巨人，居然淪為了掌中玩物，在大人國人們眼中變得非常渺小，這樣的狀況讓人有點哭笑不得。但是大人國的統治者卻很喜歡他，也非常禮遇他，經常向他探詢英國人治國的方法。然而在大人國裡，即使是王宮也充滿了許多危險，連動物都敢欺負他呢！

作者喬納森·斯威夫特是一位英國的諷刺小說家，同時也是關心時政的犀利人士。因為身處在一個對統治者不滿、以及人民意見無法下情上達的時代，作者希望能藉由格列佛這個虛構的人物，來為自己發聲，表達自己的想法以及對社會的憧憬。文中刻意安排了許多光怪陸離的情節，正是３００年前當時英國社會的真實寫照。

這個百年奇幻經典故事，其實就像一面鏡子，你可以透過這面鏡子，易地而處去想像，在科技**日新月異的２１世紀，Google Map 一打開就能把地球村一覽無遺時，現代人的「壯遊」會是什麼樣子？**

也或許，你在生活中會遇到和你有著不一樣狀況、身材、想法的人，甚至是陌生的環境，你也能像格列佛一樣，冷靜有理地去思考嗎？或是發揮同理心，站在少數族群（例如，身心障礙者）的角度，為需要幫助的人盡一份心力嗎？

小朋友們不妨翻開書本，跟隨格列佛的腳步去尋找答案吧！

☆【推薦序】

林偉信（台灣兒童閱讀學會顧問、誠品文化藝術基金會「深耕計畫」顧問）

陪伴孩子在奇幻的世界裡，培養想像力，思考人生課題

法國哲學家巴斯卡曾經這樣形容人，他說：「人是一枝會思想的蘆葦。」這話點出了人類和萬物最大的區別，因為人似蘆葦，所以何其脆弱，但也因為人可以藉由思想，遨遊過往，想像未來，上下時空五千年，所以看似脆弱的人類，卻又是何等的堅強與壯闊。

奇幻文學正是人類思想極致的一種表現，透過想像，創造出一個個跳脫時空框架的新奇世界，將現實中的不可能化為可能，讓閱讀者擺脫有限形體的束縛，悠遊在不同的時空裡，享受現實人生中所無法經歷的奇特趣味。

而除了引人入勝的趣味情節外，奇幻故事中所暗含的人生隱喻與生命智慧，也一如日本著名心理學家河合隼雄在《閱讀奇幻文學》書中所說的：「**傑出的奇幻作品，總是帶著某些課題前來挑戰讀者。**」而「當我們將幻想視為靈魂的展現時，就會開始覺得奇幻故事的作者，給了我們相當豐富的訊息。」因此，「**即便故事讀完了，心靈依然持續感動。**」

這套奇幻小說輯，正是選自不同文化背景下的各種玄奇異想，有大家耳熟能詳的英、美兒童文學經典，更有中國與阿拉伯的奇幻鉅著。它們都跳脫現實，發揮想像，書寫出各種殊異趣味的精采故事，並且透過故事傳遞出我們所可能面對的各種重要的人生課題。

因此，我們不僅能和孩子經由閱讀這些故事，享受奇幻的趣味，更能透過拆解奇幻背後的隱喻，對生命裡的一些重要課題——像是在《西遊記》中所呈現出的叛逆與反抗、在

《小王子》與《柳林風聲》中所揭露的愛與友誼、在《小人國和大人國》中所刻劃的權力與人性、在《快樂王子》中所彰顯的分享與快樂、在《愛麗絲夢遊奇境》與《一千零一夜》中所描繪的真實與夢幻、在《叢林奇譚》中所強調的正義與堅持、在《彼得．潘》中所凸顯的成長與追尋，以及在《杜立德醫生歷險記》中所提出的溝通與同理，能有更深刻的思考與理解。

藉由這些書，給早已在現實生活中習以為常、不再多做思想的自己一次機會吧！也給你的孩子一次機會，**陪伴他們在奇幻世界的共讀中，培養想像力，並且一起來思考人生中的一些重要課題。**

孩子飛翔的力量很大

戴月芳（資深出版人暨兒童作家、國立空中大學／私立淡江大學助理教授）

當孩子告訴你，他會飛，而且飛得很高很遠，你可能會笑一笑，不當一回事。但是，真的要告訴你，孩子確實飛得很高，很自在！

谷歌（Google）創辦人賴利．佩吉（Larry Page）有一天突發奇想，想要創造一個可以下載整個互聯網，而且查看不同頁面連結的搜尋引擎。在西元一九九六年，這想法可能是天方夜譚，但是賴利．佩吉有企圖心，最後確實創造了谷歌。他像孩子飛上了天，飛得很高，飛得很自在！

孩子的想像力不受束縛，很多時候，孩子也像賴利．佩吉一樣，有一些稀奇古怪的想法，當你覺得簡直不可思議的時候，請想一想，這很可能就是一個「創造未來」的機會。

「飛翔」是我們的想像延伸，一切可能發生或不可能發生的事情，都可以藉由想像力的「飛翔」先做實驗。也因為如此，我們才會說「只有想不到，沒有做不到」。往後，當孩子告訴你他會飛的時候，請告訴他，盡情去做吧！

【影響孩子一生的奇幻名著】系列，就是一套賦予孩子想像力的好書。十本想像力永恆不滅的經典文學，無論中西或虛幻，每一本都是在打開孩子浩瀚無限的視野，激發孩子的奔馳創意。當孩子穿越奇趣與另類的時空，踏進想像與創意的國度，你就能猜想孩子說有多高興就有多高興！

來吧！讓孩子閱讀奇幻名著，讓孩子的想像翅膀展翅高飛吧！讓孩子隨著他的好奇心，遊走另一個充滿自由的奇想世界，跟隨故事人物一起經歷成長與冒險。

張美蘭（小熊媽，親子天下專欄作家、書評、兒童文學工作者）

讓孩子讀經典，是重要而且必要的

近兩年，我常在校園與兩岸演講，有一個主要的主題，就是「讓孩子愛上閱讀的八大法則」，其中我認為很重要的第二條法則是：在孩子中低年級以前，幫孩子選書；高年級後開放讓他們自由選擇，但是每個月都該有指定讀物，並建議以經典兒童文學為主！

我在小學圖書館擔任過十年的志工，發現一個令人憂慮的現象：越來越少孩子讀兒童文學經典！當今兒童閱讀市場，充斥著一種簡化的速食文化，不論是科學或人文的題材，多半要被畫成「漫畫」，才能被孩子所接受。我曾問過孩子，為什麼只喜歡看漫畫呢？而得到的回答（尤其是男孩），多半是：「漫畫比較搞笑，我不喜歡太嚴肅的作品。」或「看圖畫比較快，文字太多的書，真的看不下去！」

這是一個很令人憂心的現象，因為這代表這一代孩子對文字理解能力（閱讀素養），將越來越弱。而**貧瘠的閱讀，將導致荒蕪的思想與空洞的寫作能力！**

文字閱讀，需要鍛鍊。從幼時看繪本（圖畫書）、到橋梁書、再進階到小說或科學書籍，不是一蹴可幾的。現代的孩子，常常在讀完繪本後，一腳踩空，掉到漫畫書的世界，沒有走上文字閱讀之橋，而是陷入我所說的「漫畫陷阱」裡，不可自拔。

更憂心的是，家長沒有意識到這狀況的嚴重性，還沾沾自喜地認為：我的孩子愛看書，就好！而沒注意到孩子無法邁向文字書的世界，更遑論兒童文學作品的世界。

我建議：每個家庭，都該有個基本書櫃，那就是你家的圖書館。館中，一定要收藏兒童文學名著！因為這些才是經得起時間考驗的、人類思想的精華。

所以，請讓孩子多讀讀經典吧！這將會影響他們一生的價值觀。

在這套【影響孩子一生的奇幻名著】中，有許多本都是我家孩子的指定讀物，更特別的，是編輯細心地加入了中國文學名著《西遊記》，這是我家孩子必讀的作品，孫悟空保護唐僧取經的故事，讓孩子的想像力更豐富，我鼓勵他們讀過各種版本的《西遊記》：由基礎到進階，由進階到原著小說，循序漸進提升了他們的文字閱讀能力！

本系列中，我也特別推薦《一千零一夜》、《愛麗絲夢遊奇境》、《小王子》、《快樂王子》這幾本書，這些故事多半並非寫實，而是充滿幻想的佳作！

《一千零一夜》是阿拉伯世界的傳奇經典，「阿里巴巴與四十大盜」就是其中一個故事，充滿了異國色彩與絢爛的魔幻。《愛麗絲夢遊奇境》在國外受到的重視超乎台灣孩子想像，閱讀此書可以了解許多衍伸的西方文化、典故、語言邏輯等！

《小王子》我覺得是寫給大人讀的童話，但孩子也可單純地閱讀，愛上純真帶點憂鬱的小王子。還有，我小時候看了王爾德的《快樂王子》，感到傷心不已！現在回顧，卻覺得這個故事是淒美動人的。

因為，經典代表的就是人性。在奇幻故事架構下，系列中的《小人國和大人國》、《彼得·潘》、《柳林風聲》、《叢林奇譚》，也都能讓孩子從經典中了解：世界上沒有所謂美好的大結局！**讓孩子從閱讀的幻想中，體會人生的趣味與人性的缺憾，才是真正智慧的開始。**

林哲璋（兒童文學作家、大學兼任講師、臺東大學兒文所）

奇幻的奇妙

林文寶教授說：「童話反映一個天地萬物的社會，並由此發掘一切萬物的人性。」又說：「童話，就是使事實長上翅膀……它是可圈可點的胡說八道；也是入情入理的荒誕無稽。」

當「事實」插上翅膀，可能讀起來胡說八道，可能看起來荒誕無稽；然而，閱讀奇幻的樂趣就在享受作者將故事「降落」得入情入理，使人拍案叫絕，大嘆可圈可點。

奇幻的邏輯不是現實的邏輯，而是作者自己建立的邏輯，是角色物性產生的合理，是一種妙不可言的雋永。經典奇幻不會是「作者說了就算」，而是連作者自己都得嚴格遵守自訂的因果關係、論證邏輯。

小讀者能透過奇幻作品裡人物情節的設定、伏筆結局的鋪排，一次次在腦海裡思維運作、理解因果。

虛構而且希望讀者信以為真的寫實作品是：「假似真來真亦假，無為有處有還無。」自己承認超現實卻關注現實的奇幻作品是：「假非真來真不假，無勝有處有藏無。」

畢竟，奇幻最大的基礎，除了理性，更有人性！

小朋友，閱讀奇幻作品好處多多，畢竟現實世界只有一個，而奇幻想像的世界卻是無窮無盡。奇幻世界裡有神奇的天馬行空，想像世界中的介紹要天衣無縫。奇幻想像國度的語言可以豐富現實世界的生活，例如小王子和狐狸，小王子和玫瑰，他們的故事和對話，都可以比喻、使用在人類的世界。

想一想，像著名的「七步成詩」，曹植若跟哥哥寫「骨肉相殘」的詩，害哥哥沒面子，恐怕小命不保；聰明的曹植躲到了奇幻的國度，使用了奇幻的語言，寫了一首「小豆子和豆其哥哥」的童話詩，保住了珍貴的性命。

奇幻的國度裡有許多寶藏，等待小朋友來尋找、開創，歡迎小朋友搭乘文學的列車，來到奇幻的國度上，觀看地球世界的模樣。

彭菊仙（親子天下、udn 聯合文教專欄、統一「好鄰居基金會」駐站作家）

我的童年是一段沒有故事書的歲月，因為爸媽忙於生計，僅是讓我們四個孩子吃飽穿暖就已筋疲力竭，關於孩子的娛樂甚或心靈需要的滋養，爸媽是沒有餘力可以照顧的。我依稀記得家裡只有兩本不知從哪兒流傳來的故事書：《愛麗絲夢遊奇境》和《木偶奇遇記》，它們是我們對於童話的所有想像，兩本書原本就已破破爛爛，被我們四個姊妹反覆蹂躪，最後沒了封皮、零散分屍。為什麼呢？因為經典故事就是值得一看再看、百看不厭！

長大後，我才有機會一一彌補童年裡沒有緣分相遇的經典兒童文學，但是很遺憾的是，這些故事我多半已經耳熟能詳，還沒來得及細細咀嚼文字，大量的動畫已經綁架了我對於故事聲光畫面的想像，我很不希望我的孩子用這樣的方式來接觸經典名著。

雖然，這一代的孩子已然來到一個被豐富故事書包圍的優渥年代，然而，這世界卻仍然將經典兒童文學拋出腦後。因為當孩子深陷於迷亂挑逗的３Ｃ世界時，他們對於書本早不屑一顧，更遑論沉浸於閱讀經典名著的樂趣之中。

藉由這次目川文化規畫的系列經典兒童名著，我再次回歸到當年與兩本童話相遇的純淨想像世界中，我似乎又恢復了一個孩童本然應該具備的自由奔馳心靈，在故事裡盡情遨遊，甚至幻化為故事裡的主人翁，經歷驚險刺激的冒險歷程，並在過程中細細體悟人性裡的至真至誠與至善。

《小人國和大人國》故事精彩絕倫，每一個孩子絕對會深入故事情境而無法自拔，因為作者實在是把每一個情境描繪既精確又逼真，彷彿世上真有這些奇幻王國。我家小子在國語課本讀到擷取的一段之後，就興致勃勃地讀完整本故事。（其他推薦內容，請詳見各書收錄）

我很喜歡目川文化這次規劃的書目，國際多元，題材包羅萬象：有冒險、有想像、有科學與自然的題材、有淵遠流長的傳說，都是歷久彌新的必讀文學名著；在編排上，字體大小適當，章節分明，三年級以上的孩子可以毫不費力的自行閱讀。

我鼓勵爸媽引導孩子，一本接一本有系統的閱讀，不僅能提升孩子賞析文學的能力與視野，最主要的是，**經典作品的主角人物都帶著強大熾烈的感染力，能毫不費力地博得孩子深度的認同，在潛移默化間，高潔的思想便深植於孩子的心底，行為氣度因此受到薰養而不凡。**

陳郁如（華文奇幻暢銷作家）

世界經典名著之所以是經典，一定有它的原因，不僅僅是故事內容不拘一格、怪誕離奇，還常常有重大的涵義在裡面，讓人在不同的年齡層閱讀有不同的感受。這套【影響孩子一生的奇幻名著】收錄很多很經典、家喻戶曉的奇幻故事，很高興有這個機會可以來幫這個系列寫推薦，這次我再度閱讀，更能深刻體會故事想要表達的訴求。

奇幻文學一直是讓人深深著迷的，那是一種超越現實框架的幻想，讓人的想像力可以無限的延伸。但是同時，在故事裡，作者可以巧妙的寫出自己對現實世界的連結，可能是對現今政治的諷刺，可能是對人性的感觸，可能是對社會現狀的反射，可能是對幻想世界的延伸。

很多經典永傳的奇幻故事能夠歷久不衰，它們的內容鋪陳就是如此，不僅僅天馬行空，編撰幻想而已，背後還有更多的警世意義。小朋友有時間可以慢慢、細細的品味，讓想像力奔馳的同時，可以去想想看作者想要表達的是什麼。

《小人國和大人國》裡的小人國，當年閱讀時，我覺得這些小小的人物，甚至動物、建築等等，都比我們小好幾十倍，覺得實在有趣，好想有機會見到這樣的一個國度。但是年紀大，有人生社會經驗後，才了解裡面小人國的描述，其實非常貼近政經百態，即使是三百年後的現在。大臣們要比賽誰的表演技術高超才能當大官，聽起來很荒謬，但是現今狀況，的確也是很多人不是靠真本領而得到高位啊！（其他推薦內容請詳見各書收錄）

沈雅琪（神老師&神媽咪、長樂國小二十年資深熱血教師）

接了高年級很多屆，我發現現在的孩子普遍閱讀量不足，書讀得不夠，相對文章就寫不出來，寫作技巧教再多都是枉然。

為了要改善孩子寫作困難的問題，我開始每天留至少半個小時到一個小時的時間，讓孩子從少年雜誌、橋梁書開始閱讀，這段時間得要完全靜下來專注的閱讀。

剛開始對於沒有閱讀習慣的孩子來說，這是一件痛苦的事，往往不到三分鐘就想要站起來換書，可是慢慢的習慣以後，我發現孩子專注的時間開始拉長，有些孩子閱讀課的時間看不完，會連下課時間都把課外書拿出來閱讀，偶爾還會來跟我討論書中的內容，跟我分享書中精采的片段。

孩子的閱讀培養是一條長遠的路，在３Ｃ科技發達的環境下要讓孩子們放下手上的手機，而去享受書中故事的趣味、去體會文章中詞彙的優美，是需要花很多時間和心思的。為孩子們選擇正向而有趣的書籍，讓他們對閱讀產生興趣，這是最值得的投資。

目川文化精選這套書，有幾本是我們耳熟能詳的世界名著，可是很多孩子完全沒有接觸過。收到書的初稿時，孩子們分配到的書讀完了，還意猶未盡的跟其他孩子交換閱讀，一本又一本接續的把十本書統統讀完。**小孩的感受是最直接的，看他們對這套書愛不釋手，我就知道這是一套非常值得推薦的好書。**

孩子從書中得到很多的樂趣和啟發，孩子看這些故事的角度，跟我有很大的不同。透過孩子筆下的敘述，我也重新回顧了一次這些故事，得出了另一番的感受。看到他們寫出從故事中獲得的領悟、看事情的角度，都讓我很欣喜。他們能夠用正向的角度去思考，正反映出我們給孩子的教育成功了。

以下就是班上小朋友針對本書所寫的一篇心得，其他則收錄在各書：

看完《小人國和大人國》，我覺得人生有無限可能，我們要有能力突破現狀，充實自我的能力，也要有勇氣、有智慧，才能順利解決事情。例如，格列佛非常用功的讀書，努力自學航海相關知識，後來到倫敦一位有名的外科醫生手下做學徒，經過多年，格列佛具備了豐富的航海知識及外科醫生資格。

格列佛每次遇到困難的事情時，不退縮，勇往直前，所以出航遇上船難，發生一連串驚險的故事，最後才能逃出小人國。反思我自己，我如果見到了小人或巨人，大概沒辦法像格列佛這樣冷靜面對。這是我要努力的地方。

（李婕睿　撰寫）

陳蓉驊（南新國小熱心閱讀推廣資深教師）

遨遊於幻想與現實之間

你喜歡旅行嗎？還是熱愛冒險呢？

若你喜愛遊山玩水、探索未知，那強烈建議你打開《小人國和大人國》，鍾愛航海的格列佛醫生會帶你走進匪夷所思的奇異國度，你將與他一起幫助小人國擊退外敵，當一回英雄；或在大人國裡，與他同甘共苦、並肩作戰，在各種危險中運用機智尋求存活的路。

若你喜歡宅在家裡，更鼓勵你打開《小人國和大人國》，因為書裡的奇人異事，彷如穿過多啦A夢的任意門，親自來到你的面前，讓你不用出門，也能見到令人嘖嘖稱奇的小小人物、迷你動物和袖珍建築物；以及讓人膽顫心驚的巨人、巨蜂、巨鳥、巨蛙等，努力思考如何以超級渺小的身子在大人國裡平安活下來，最終逃出生天。

《小人國和大人國》是一扇想像之門，引人踏入不可思議的奇幻國度。但這些國度裡的人們，也分黨派、也分敵我；有善良的人，也有自私貪婪的人……描寫的正是實實在在的人類生活與情感，與現實世界並無不同。它建構了一個虛實難分的世界，值得你我探索。

就讓我們一起揚起文學大帆，隨著格列佛出航，盡情遨遊在幻想與現實之海吧！

游婷雅（台中古典音樂台閱讀推手節目主持人、閱讀理解教學講師）

跟著格列佛放大縮小遊歷，閱讀充滿數感的奇幻遊記

《格列佛遊記》是許多大朋友和小朋友的共同回憶。目川文化以精鍊簡要的文句，重新改寫過的格列佛遊記：《小人國和大人國》，不像童書版那樣輕描淡寫且過於口語，保留了小說中許多精確的科學性陳述與文學性的描寫，卻也不至於像原著小說那般艱澀冗長。這些陳述與描寫，讓大孩子們透過文字閱讀在腦中估算，鍛鍊數感。

舉例來說，當格列佛睜開眼睛看見幾十個不到六英寸高的小人（六英寸是多高？大約15公分左右，跟我鉛筆盒裡的那把尺差不多呢！）然後左手臂又被一百多支箭射中……諸如此類的數字描述充斥在整個故事中：

現在他們準備把我運到首都去。在國王的旨令下，**五百名**木匠和技工立刻動手，製造一部他們前所未有的巨大車架，離地**三英寸**，**長七英尺**、**寬四英尺**，底下有**二十二個**大輪子。

他們把大車架拖來，停放在我的身邊。為了把我抬到車架上，還豎起**八十根**柱子，每根**一英尺長**，拴上結實的粗繩，繫上鉤子，勾住綁在我身上的繩子。由**九百名**強壯的小人，利用裝在柱子上的滑輪，把繩子緩緩拉起。歷時**三個鐘頭**，終於把我吊放到車架上捆住。

因為，我左腿上的腳鏈約有**六英尺**，被釘在離大門僅**四英尺**的地方，所以門口**半圓形範圍內**我都能自由走動，也能整個人鑽進殿堂躺在裡面。

不要懷疑！你正在讀格列佛的遊記，運用這些數字陳述理解高與矮、大與小、多與少、快與慢、相對位置……的概念。當讀者慢慢理解這些相對性之後，又能漸漸體會故事中隱含的權力與權利、戰爭與和平、習慣與成見的相對概念。

經典名著在不同的成長階段閱讀，果真可以有不同的讀法和領悟呢！

劉美瑤（兒童文學作家、台東大學兒童文學研究所）

諷諭現實的奇異旅程

愛爾蘭作家斯威夫特曾被譽為最偉大的英國文學家，他的作品以《格列佛遊記》最為家喻戶曉，《1984》的作者歐威爾極為推崇這部作品，甚至說，**如果世界上只能保存六本書，那麼《格列佛遊記》必定是其中之一**。

流傳了將近300年的《格列佛遊記》共分成四部，分別是：「小人國遊記」、「大人國遊記」、「飛島國」、「慧駰國」。斯威夫特以格列佛醫生為主角，用「我」的觀點敘述格列佛經歷的各種奇妙冒險。他的文筆犀利，書中不少隱喻、指涉與諷刺的敘述使得這本書成為諷刺文學的經典。

斯威夫特在前兩部「小人國」與「大人國」遊記中使用大與小的對比，讓格列佛在小人國裡頭因體型巨大成為理所當然的「超人」，輕鬆的解除小人國的危難，而關於小人國裡的街道、樓閣以及人、動物的精緻描述，容易使小讀者產生一種「走進娃娃屋」把玩玩具的幻想與樂趣。至於大人國遊記萌生的又是另一種截然不同的閱讀樂趣，格列佛在這個國家由一個成年男子變成一個柔弱的「玩具」，因為體型差異所以遭遇到各種危險，例如與青蛙對峙、被猴子挾持，這些驚險緊張的敘述充分滿足了小讀者對於冒險故事的期待。小人國與大人國遊記情節跌宕饒富童趣，因此常被截取改寫成童書。至於飛島國與慧駰國則因為隱含的哲理因為過於深奧較少被談論。

但是讀者在閱讀這本書時，**除了跟著格列佛醫生體驗各種奇文妙事之外，也不能忽略文本裡的諷刺修辭。**

舉例來說，在「小人國遊記」中的「小人」不僅指體型迷你，也是在諷刺當時的英國統治階層狹隘的心胸與窄化的視野，譬如以鞋跟高低分黨派鬥爭、國王不以才任人而是根據鞋跟的高低，甚至獨裁霸道，要求全民吃雞蛋的方法必須一致。讀者閱讀這些王公大臣們可笑、幼稚的施政措施，覺得匪夷所思時，不妨也想想，現實社會中的政客不也時常做出與小人國裡的小人們一樣可笑的舉動嗎？

而對比前一次冒險，格列佛在大人國裡變成了「小人」，所以一開始就以「小人之心度大人之腹」，相信「人類的身材越高大，就越野蠻越殘忍」的無稽之談，胡亂忖度自己即將墮入危險。但之後的情節證明，大人國裏頭和他一樣鼠肚雞腸的，不是那些大人，而是王后豢養的侏儒寵奴。讀者要留意，斯威夫特故事的角色設定絕非嘲笑外貌身材矮小之人，而是一種諷刺修辭，他以外在身形隱喻內在涵養。讀者在閱讀諷刺作品時，一定要再二思考敏察作者的弦外之音，才能感受到趣味底下的哲思與道理。

第一章　漂流到里里普特國

我的父親在英國的諾丁漢郡有一處不大的房子，他有五個兒子，我排行第三。在我十四歲那年，他把我送到劍橋的伊曼紐爾學院。雖然我用功讀書，生活節儉，但對於一個不太富裕的家庭來說，負擔還是很重。於是我決定到倫敦一位有名的外科醫生手下見習。

在這四年中，學醫之餘我也堅持自學航海知識，希望有一天能夠實現環遊世界的願望。學成後，我又去荷蘭的研究中心萊頓，繼續學習了兩年又七個月的物理。

從萊頓回到家鄉後，我見習的那位外科醫生，被推薦到一艘商船上當船醫，我也跟著去了三年半，隨商船到過一些地方。之後，我在倫敦成家立業，安頓下來，開了一家小診所，與附近一位裁縫師的女兒結了婚。

可是，診所的生意並不是特別好，所以我決定改變生活方式，又去了幾艘商船上當船醫。但航海生活也不是那麼順利，我對航海生活產生厭倦，於是又回到倫敦專心當外科醫生，過著平靜的生活。就這樣過了三年。

直到某天，「羚羊號」計畫要出航到南太平洋一帶，船長邀請我到那艘船工作，待遇非常優厚，我便答應了他。

1699年5月4日

「羚羊號」從英國西部港口布里斯托啟航。起初，航行很順利。可是，在駛往東印度群島的途中，遭遇一場暴風雨，船被吹襲至偏離既定航向的西北方。有十二名船員因飢餓和體力透支而喪生，其餘的船員也都身體虛弱。

11月5日傍晚，海上烏雲密布，水手們在離船不到三百英尺的地方發現一處礁石，強勁的風勢推著船直直撞上礁石，觸礁後船身破裂。船上僅存的六個人，緊急把救生小艇放到海上，盡量避開破碎的船板和巨大礁石。

　　我們合力划了一陣子，就再也沒有力氣，只能任由海浪擺布。不知過了多久，一陣猛烈的狂風，吹翻小艇，所有人都掉入海中。當我掙扎著浮上海面，已不見其他人蹤影。雖然不知道確實情況，但我斷定他們都遇難了。

　　我憑著僅存的一點力氣使勁地游，卻身不由己地被

大風和潮水推著向前。直到精疲力竭，依然沒有踩到海岸的土地。在我幾乎絕望時，突然感覺腳底碰到了什麼。這時風暴減弱，我趁機游了上岸。非常慶幸自己終於得救！

上了岸，大約走了一英里路，一路都沒有發現建築物和人。我猜想當時差不多是晚上八點鐘左右，已經疲憊不堪的我，在草地上躺下來，很快就睡著了。我從來沒有睡得那麼香甜過。

當我醒來的時候已經是大白天。我想要起身，卻動彈不得。我驚訝地發現自己仰躺著，四肢和頭髮竟被牢牢綁在地上。從肩膀到腿部，被幾根細繩捆綁著。我一時不清楚發生什麼事，只好仰躺著努力往上看。這時，身旁傳來一陣嘈雜聲，但我沒辦法轉頭，什麼都看不見。

過了一會兒，我感覺有個東西在左腿上動來動去，慢慢移到我的胸前，接著又移到我的下巴。我費勁地向下望去，**天哪！**我看見一個比六英寸還矮的小人，手裡拿著弓箭，身上背著箭袋，身後還有好多個同樣矮的小人。我吃驚地大叫一聲，把他們嚇得驚慌失措，轉身就跑。

一直被困在地上躺著，很不舒服。我努力掙扎著起身，一用力，居然扯斷了綑綁左手臂的小繩子。但是頭髮也被猛力扯了一下，讓我痛得不得了。於是我又把綁住左側頭髮的小繩子弄鬆一些，讓我的頭能夠轉動。那些小人見狀跑得老遠，邊跑還邊大聲叫喊，像面臨強敵一樣，驚慌不已。

有一個小人高喊了一聲！突然間，我感覺到有一百多支箭射中我的左手臂，就像很多根針在刺我一樣。接著他們又發射另外一種武器，就像我們發射砲彈一樣，於是又有許多砲彈落到我頭上。

等這一陣箭林彈雨停止後，我痛苦地叫了一聲，接著又拼命想掙脫身上的繩索。這使得小人更加驚慌，向我射出更多的箭。有些小人還很勇敢地以長矛刺我，幸虧我穿著軟皮短外套，他們的小長矛根本刺不進去。

我心想：「不如我就像剛才那樣仰躺著，他們才不會再猛烈地攻擊我。反正我左手的繩子已經解開，等到晚上我就可以輕易逃脫了。」果然，他們看我躺下之後，便不再射箭攻擊。但小人叫喊的聲音越來越大，可以感覺他們又派了更多人前來幫忙。

「反正不管多少人，應該都無法對我構成威脅。」我暗忖。就在這時，在我的右耳方向，傳來一陣清脆的敲打聲。我努力把頭轉到右邊，看見地面上築起一座高臺，高臺旁搭著兩、三架梯子，高臺頂端站著一個神情嚴肅的小人，像是這群小人的首領。他似乎正對我發表著長篇大論，但我們語言不通，我半個字也沒聽懂。

然後有幾十個小人走過來，割斷綁住我左邊頭髮的繩子。這麼一來，我的頭就能夠自由地左右轉動了。我仔細觀察著高臺上的小人，他是個中年人，身材比其他小人高大一些，身邊跟著兩個隨從。他在對我說話，語氣時急時緩，有時候面帶威脅，有時候面帶和善。

在這個情景下，我的態度表現得非常順從，同時舉起手向他示意，表示我沒有什麼不良意圖。這時的我已經快兩天沒有吃東西，肚子餓極了，於是我把手指放進嘴裡，摸摸肚子，表示我需要食物。

那位首領很快就明白我的意思，他從臺上走下來，指揮著其他小人把幾架梯子靠在我的身側。然後，上百個小人陸續爬上梯子，走近我的嘴邊。他們都背著籃子，裡面裝滿肉、麵包和水果。那些新鮮的肉煮得很美味，我一口就吃掉兩、三塊肉和

三個麵包，因為每個麵包大小就像子彈一樣，我一連吃空了好多籃的食物。那些小人對我巨大的身軀和極好的胃口，無不顯露出不可思議的表情。

填飽肚子之後，我又做出喝水的手勢。於是那些小人非常敏捷地吊起一個最大的酒桶，努力把它移動到我的手旁邊。我敲開蓋子，一口氣就喝光了。接著他們又給我第二桶，我照樣一口氣喝掉，但完全無法解渴，於是我又做手勢討要。但這次他們沒有再給我，大概是一時湊不齊那麼多的水。

過了一會兒，有一位看起來應該是官員的小人順著我的右小腿走上來，一直走到我的面前。他拿出一張紙，好像是他們國王的聖旨，然後對著我讀了十分鐘，邊讀還邊用手指著一個方向，意思似乎是要把我搬到那裡去。我問了幾句，但語言不通根本沒有用。我就用已經鬆綁的手做出手勢，表示希望得到自由。

這位官員看懂了我的意思，他搖搖頭，表示不允許。接著他做出手勢，表示我必須被當作俘虜運走，但我會有吃有喝的，也會得到很好的待遇。可我心裡想的是：「與其被扣押，還不如早點脫身的好。」

但是我臉上和手上的箭傷隱隱作痛，傷口都起了水泡，有許多箭還扎在上面。而且，我發現周圍小人的數量變多了！於是我只好做出順從的手勢，表示隨他們處置。這位官員很滿意這個答案，便和他的隨從離開了。

不久，他們派人在我臉上和手上的箭傷處，塗了一種氣味很好聞的油膏，幾分鐘後，疼痛減輕，紅腫也消失了。加上剛才酒足飯飽，讓我很想睡上一覺，於是我這一睡就睡了將近八個鐘頭。

第二章　晉見國王

其實，當我爬上岸被發現的時候，這個小人國（他們自稱里里普特國）的國王就緊急召開會議，決定先把我這個巨人牢牢地捆起來，見我沒有什麼危險，才提供豐富的飲食給我。

現在他們準備把我運到首都去。在國王的旨令下，五百名木匠和技工立刻動手，製造一部他們前所未有的巨大車架，離地三英寸，長七英尺、寬四英尺，底下有二十二個大輪子。

他們把大車架拖來，停放在我的身邊。為了把我抬到車架上，還豎起八十根柱子，每根一英尺長，拴上結實的粗繩，繫上鉤子，勾住綁在我身上的繩子。由九百名強壯的小人，利用裝在柱子上的滑輪，把繩子緩緩拉起。歷時三個鐘頭，終於把我吊放到車架上捆住。這些情況都是我後來知道的，

因為在他們進行工作的時候，我正在呼呼大睡。

接著，他們利用一千五百匹馬（每匹馬大約只有四英寸半高）拉著我和大車架，朝半英里外的首都駛去。晚上，離首都還有一段距離，車隊停了下來，由五百名警衛守在我兩側，一半拿著火把守衛，一半拿著弓箭，準備萬一我掙扎起身，就會向我發射。

第二天早晨，太陽出來以後，車隊繼續上路。將近中午，終於抵達首都近郊，車隊停在一座古殿堂前。據說這是他們國家最大的建築，他們決定讓我在這裡住下。古殿堂的大門朝北，大約有四英尺高、兩英尺寬，我可以輕易趴著爬進去。門的兩旁各有一個小窗，離地不到六英寸。國王的御用鐵匠搬來九十一副腳鐐，串成腳鏈綁住我的左腿，從左邊窗戶拉出去。其實這種腳鐐在我看來，就像是歐洲女士戴的錶鏈，粗細也差不多。

隔著一條路，在古殿堂對面二十英尺的地方，有一座至少五英尺高的塔樓。國王和許多大臣、貴族們都登上塔樓，來觀看我巨大的模樣。我沒有看見他們，是他們後來告訴我的。

據說，為了看我這個巨人，跑出城來的人民有十萬人以上。儘管有守衛，仍有一萬多人分批用梯子爬進古殿堂，甚至爬到我身上。所以，不久國王就貼出一張禁令，禁止任何人再接近我。

工匠們認為我不可能逃得掉，於是把捆住我的繩子都解開來。我試著站起身，這舉動卻引起全城驚惶和騷動。因為，我左腿上的腳鏈約有六英尺，被釘在離大門僅四英寸的地方，所以門口半圓形範圍內我都能自由走動，也能整個人鑽進殿堂躺在裡面。

我站起身，四周眺望，看見這個小人國的美麗景致，彷彿是一座巨大的花園。首都城外的一畝畝田地只有四十平方英尺大小，就像一塊塊的花圃；田地的四周樹林環繞，最高的樹是三英尺左右。左方的城鎮，精緻的就像舞臺上的城池布景。

里里普特的國王早已步下塔樓，騎著馬朝我慢慢過來。那匹駿馬顯然受過良好訓練，可是見到眼前的巨人，像一座山在牠面前移動，也嚇得抬起前蹄，不敢前進。

國王倒是個不錯的騎手，依舊保持著威武的姿勢，他的侍從急忙趕上前來，抓住轡頭，讓國王從容下馬。國王下馬之後，帶著審視的神情，繞著我走了一圈。不過，他都走在我的腳鏈長度所及之外。

美麗的王后和年輕的王子公主們，待在稍遠的地方，由僕人陪伴著。他們都穿得非常華麗，衣裙五顏六色。剛剛國王的駿馬出狀況時，她們也都步下了塔樓，來到國王身邊關心。

國王的身材比其他人高大，但也只高出我一個指甲寬度。為了更近距離看他，我決定側身躺下，把臉對著他。他直挺挺的站著，手中拿著寶劍，保護自己，以防我掙脫鎖鏈。他的寶劍差不多有三英寸長，劍柄和劍鞘是金的，都鑲著鑽石，在陽光下閃閃發亮。

國王終於開口對我說話，他的嗓音尖細，咬字清晰。我也跟他打招呼，說了幾句話。但是，我們彼此都聽不懂對方在說什麼。

國王和官員們要返回王宮前，特意留下一支強大的警衛隊，以防止好奇圍觀的人們惹出什麼事來，因為他們已經壯起膽擠到我身邊了。

稍後當我坐在門口休息的時候，果然有幾個人冒冒失失地拿箭射我，其中一支箭幾乎射中我的左眼。警衛隊隊長下令捉住帶

頭的幾個人，把他們捆起來交給我處置。

幾名衛兵奉命處理，他們用矛柄把人推到我的右手旁邊。我張手抓起他們，把其中五個人裝進我的外套口袋裡，留下第六個人在手上，假裝要把他活生生吃掉的樣子。這個可憐的人嚇得發出一連串慘叫，警衛隊隊長和衛兵們看了，又著急又懼怕，特別是在他們看見我拿出一把鋒利大刀的時候（其實那只是我的一支削鉛筆刀）。

不過他們很快就放心了，因為我是用刀割斷捆住那人的繩子，把他輕輕放回地上，而他一落地就立刻跑開了。我也以同樣的方式對待其餘五個人。看得出來，衛兵和居民們對我這種仁慈的表現，都非常感激。

就這樣過了兩星期。每天晚上，我都勉強鑽進殿堂，席地而睡。後來，國王下令為我備一張床。他們先是運來六百張小床，每一百五十張床並排在一起後，剛好是夠我躺下的長度。不過這其實和睡在光滑堅硬的石板上，沒有多大區別。不久，他們又以拼接的方式，為我準備了一張大床單、大毛毯和大被子。這麼一來我就覺得十分舒適了。

一個巨人來到首都的消息傳遍了全國，招引無數官員、貴族、普通百姓特意前來一睹奇觀，導致許多村莊人去樓空，良田荒廢。國王只好下令，已經看過我的人必須返家，沒有國王的許可，不得走近我的住處。

對於該如何處置我這個龐然大物，國王召開好幾次會議，商討應該採取的方式。他們怕我掙斷鎖鏈危害人群，又怕我的食量太大吃空國庫，造成饑荒。有幾個大臣建議乾脆餓死我，或用毒箭射死我。但是，又顧慮到屍體腐爛，可能在首都爆發大規模的瘟疫，甚至引起全國流行。

在他們商討的過程中，有幾個軍官來跟我報告，說我寬大對待那六個人的事情，讓國王和眾多大臣對我產生很好的印象。於是國王下命，首都周圍的所有村莊，每天早晨須交出六頭牛、四十頭羊和相當數量的麵包、酒、飲料或水果，作為我當日的伙食。另外還指定六百個人照顧我的生活起居，在靠近我門口的兩側搭了帳篷給他們住。

國王又下令，找三百個裁縫師按照他們的傳統服飾，給我量身訂做一套衣服。除此之外，他還讓人把國王、貴族和軍隊的馬匹，帶到我面前來訓練，好讓牠們習慣我巨大如山的模樣。

不久，國王派了六個學者來教導我當地的語言。我用他們的語言說的第一句話就是：「希望給我自由。」這句話，我每天要說上一遍。但國王的答覆是：「這必須經過一段時間的考驗才行。」

直到某一天，他對我說：「像你這麼一個巨大的人，可能隨身攜帶著武器，是非常危險的。如果我命令官員搜查的話，希望你不要見怪。」

於是來了兩個官員。我把他們提起來，先放進我的外套口袋裡，等他們檢查完了，再放進其他口袋。這兩位官員隨身帶著鋼筆、墨水和紙張，把他們看到的每一樣東西都仔細記錄下來。不過，有一個隱藏的口袋我沒有放他們進去，因為我不想讓他們看到我的私人物品。搜查完畢後，兩個官員又請我放他們下來，然後走過去向國王報告。

國王按照記錄的名單，首先要我交出寶劍。我順從地連劍鞘一起取下。在我取下寶劍時，國王還下令三千名護衛士兵團團圍住我，手持弓箭，隨時準備放射。但是，我並沒有理會這些。

然後國王要我拔出寶劍來看看。寶劍雖然浸過海水，有一點生銹，但看起來還是很鋒利。我拔出寶劍稍稍揮舞幾下，劍身在陽光下閃閃發光，令人眼花繚亂，衛兵們被嚇得驚叫連連。國王倒是很有氣概，沒有顯露出一絲膽怯。他命我將劍插回劍鞘，輕輕扔到離腳鐐六英尺附近的地上。

接著，國王要我給他看的東西是「兩根空心的鐵柱子」，指的就是我的手槍。我從腰間將手槍抽出來，盡力說明它的構造和用途。為了演示一下，我只裝上一點火藥，沒有裝鉛彈，然後朝天上開了一槍。在場的衛兵被嚇得魂飛魄散，幾百人應聲倒下，就像被震昏了一樣。國王雖然穩穩站著，但也好一會兒才恢復神智。

我把手槍和火藥袋都交了出去。但我提醒他們，不要讓火藥靠近火，因為只要有一點火苗，就有可能會引起爆炸，把他們整座王宮炸毀。

接著，我又交出我的錶。因為國王很想看看，就讓兩名強壯的衛兵用一根棍子把它抬在肩上，像英國趕貨車的馬夫抬酒桶的方法一樣。國王對那只錶發出的嘀答響和分針的移動，感到非常奇怪。他向身旁的學者們提出詢問，雖然我不能完全聽懂他們的話，但是可以想像，學者們提供的看法，肯定是千奇百怪。

最後，我把身上的銀幣、銅幣和金幣以及錢包、小刀和剃刀、梳子、鼻煙壺、手帕和日記本等，全都掏出來。他們把寶劍、手槍和彈藥袋用車輛運到國庫去，其餘的東西都退還給我。

我的那個祕密口袋則沒有讓他們搜查，裡面有一副眼鏡、一支袖珍望遠鏡和一些零碎東西。這些東西對於國王應該無關緊要，所以我認為不必坦白說出來。再說我也擔心，這些東西要是交出去，說不定會被弄壞或是弄丟。

經過一段日子的相處，我親切、善良的態度，已經普遍獲得里里普特國人們的好感，所以我認為自己很快就可以恢復自由，同時我也努力地讓這個願望可以早日實現。

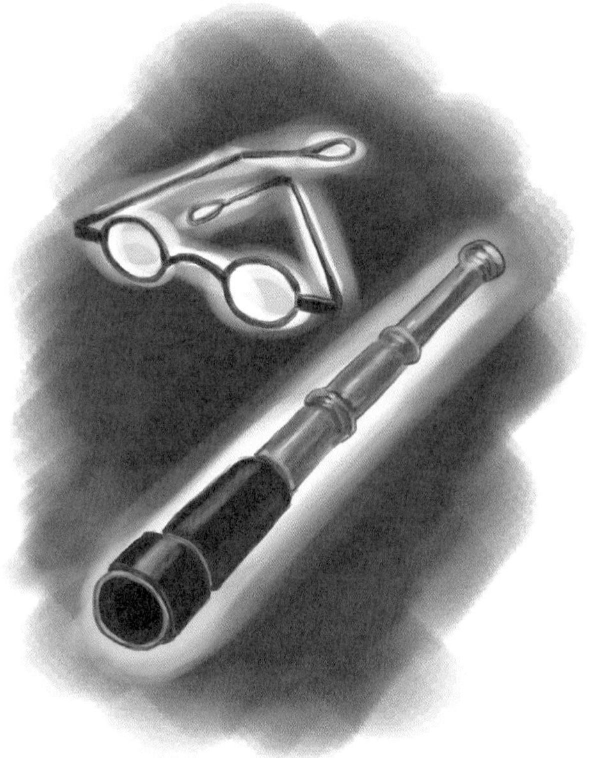

第三章　遊歷首都

人們漸漸不再懼怕我這個巨人了。有時我會躺在地上，讓五、六個小人在我的手掌上跳舞。許多小男孩和小女孩，也喜歡在我的頭髮中玩捉迷藏。總之我和他們相處得特別愉快，我也特別喜歡這些可愛的小人。

有一天，國王設宴招待我，並一起欣賞當地幾種頗受歡迎的表演。我最喜歡繩技表演，那是一種在一條白色細繩上進行的遊戲，繩子大約是兩英尺長，離地面有十二英寸高。

這類遊戲一般是由王室中的官員候選人親自表演，聽說他們從小就接受這種技藝的訓練。如果宮中有官職空缺，就會有五、六個候選人去請求國王，讓他們給國王和官員們表演一次繩技。誰跳得最高、跳得最好、又沒跌下來，誰就可以得到那個官職。那些在位的大臣也常常請求表演一次，好讓國王相

信他們還沒有喪失他們的本領。

有一次，財政大臣取得國王的許可後，在細繩上跳得至少比其他人高一英寸，甚至在繩子上平鋪的木板上連翻好幾個筋斗，那條繩子並不比英國普通的貨物打包繩粗。

但是這類遊戲也會導致許多不幸的事件發生，我就親眼見過兩、三個候選人跌斷胳膊和腿。他們告訴我，一、兩年前，財政大臣也曾狠狠地摔到地上，要不是國王的椅墊恰好擺在那裡，減緩了衝擊力，否則他的脖子肯定會折斷的。

他們在宮中還喜歡玩另外一種遊戲，這種遊戲一般在王宮大殿舉行，於重要節日時專門表演給國王、王后和首相觀賞。表演時，國王拿著一根木杖，和地面平行，有時抬高有時放低，那些人便一個接一個地隨著木杖的起落，從木杖上方跳過去，或者在木杖底下來回爬幾遍。有的時候，由國王拿著木杖的這一頭，首相拿著另一頭，也有的時候由首相一個人拿著。誰表演得最敏捷，加上跳和爬的時間最長，國王就會親自頒予獎賞。

他們的獎品也非常特別，是三條六英寸長的美麗絲線，一條是藍色，一條是紅色，一條是綠色。這些絲線顏色不同，用來對表演者表示不同的恩典。第一名榮獲藍絲線，第二名得到紅絲線，第三名得到綠絲線。獲得獎賞的人都喜歡把絲線圍在腰間，我看到宮中許多達官貴人都繫著這種腰帶裝飾。

國王和軍隊的馬匹，因為每天都被帶到我的面前訓練，牠們已經不再感到害怕，可以毫不畏縮地走到我的腳邊。平日訓練牠們，我會把手放在地上，那些騎馬的人就會放馬跳過去。國王的獵手則必須騎著馬，從我穿著鞋子的腳上方跳過，這真的很不容易，因為對他們來說，我的腳又高又寬，距離非常的遠。

為了把牠們訓練得更好，我又想出了一種特別的方法。我找來一些長度、粗細和普通藤杖差不多的木條，牢牢地插在地上，構成一個四邊形，長寬約兩英尺。然後在直立木條離地兩英尺位置，又橫著綁上四根木條。接著，把手帕繫在直立的木條上，四面拉緊，繃得像一面鼓似的，形成了一個小平臺。而那四根橫木條比平台位置高出一些，作為四邊的欄架，以保護人和馬，防止他們從臺上跌下去。

做完之後，我請求國王准許一支有二十匹馬的騎兵隊到平臺上來演習。國王答應後，我就把這支武裝隊伍，連同指揮官一個一個提到臺上，分成兩隊，進行射箭、擊劍、追擊、攻打和撤退的作戰演習。訓練效果很好，他們的表現可以說是我見過最好的軍隊。

國王看過精采的演習後，非常高興。有一次，他甚至讓我把他提到臺上，親自去指揮；他還費了一番力氣說服王后，讓我把她的寶座提起來，停在離平臺不到兩碼的地方，讓她坐在上面欣賞全部的演習情形。

騎兵們在演習中都非常認真拼命，以至發生過一次意外。那次，一個隊長的烈馬把手帕平臺踹破了一個窟窿，馬腿溜了進去，連騎手一起翻倒在地。我立刻把人和馬扶起來，用一隻手堵住破洞。騎兵隊長毫髮無傷，但那匹馬卻不幸扭傷了。

有一天，我正在指揮軍隊進行更多平臺上的演習，突然有一件緊急報告送到國王手裡，說在先前俘虜我的地方，發現一個黑色的大傢伙，大小和國王的寢宮差不多，形狀很古怪，中間鼓起，有圓圓的邊。有人還繞著它走了幾圈，發現它並不是活的東西，只是動也不動地躺在草地上。

他們為了更仔細觀察，就用疊羅漢的方式爬到黑東西上面，發現它的頂端是平坦的，用腳一踩，裡面是空心的。他們猜想，這東西恐怕跟我有關。

我馬上明白他們說的黑東西，指的是我的帽子。我很高興得到這個消息。我請求國王吩咐來人趕快把東西送過來給我，並且向他說明它的實際用途。

第二天，幾個車夫把東西運來了。但為了順

利運過來，他們在帽沿上打了兩個洞，又裝上兩個鉤子，用一根長繩把鉤子繫在車轅上，就這樣費勁地拖了半英里。我檢查了一下帽子，慶幸這裡的道路還算平坦光滑，它的損壞程度並沒有想像的那麼嚴重。

★　★　★

我已在這裡待了好多天，也提出了許多次，請求國王恢復我的自由。國王最後召開會議討論，除了海軍大臣以外，再沒有人反對。後來海軍大臣也被說服，但是他提出一些條件，只有遵守這些條件我才能恢復自由。

海軍大臣擬好文件後，由兩位副大臣和幾位顯要人物陪同，親自把文件交給我。他們宣讀以後，要求我對此宣誓。

如何宣誓也是件有意思的事。我先是按照自己祖國的方式，然後又按照他們國家規定的方式宣誓。他們的方式很奇特，要用左手拿住右腳，把右手的中指放在頭頂，大拇指放在右耳的耳尖上。

在這個文件裡，最重要的規定有如下五條：

第一，如果沒有里里普特國的護照，不得走出國境。

第二，只准在國內的主要大道上行走，不得在牧場或農田上走動或坐臥。

第三，在大道上行走時，一定要避免踐踏行人車馬。沒有人們的同意，也不得把他們拿在手裡。

第四，如果國家有急事需要盡快處理，應將專差連人帶馬裝入衣袋負責運送。

第五，應和里里普特國站在同一陣線，對抗布萊夫斯庫國，並摧毀正準備侵略的敵方艦隊。

這些條件對我來說都很容易，於是我很高興地宣誓，並且簽上名字之後，腳鐐馬上被卸除，完全恢復了自由。重獲自由以後，我請求國王准許我參觀一下首都。國王毫不猶豫一口答應，只是特別囑咐我要小心，別傷到居民和房屋。我承諾會小心，請他完全放心。

人們已經從告示上得知我要到城裡來觀光的消息。雖然告示嚴令他們必須待在家裡，避免不必要的危險，但在街道上和房頂上還是有許多出來觀看我的人。我小心翼翼地走著，避免踩到街上閒晃的人。由於許多房屋頂樓的通風窗和屋頂上都擠滿了觀眾，讓我覺得在遊歷過的地方中，還沒有見過比這裡人口更稠密的城鎮呢！

這座城是正方形的，每邊城牆各長五百英尺，高兩英尺半，至少十一英寸厚，因此上面可以很安全地通行車馬。城內有兩條大街，各寬五英尺，像一個交叉「十」字，把全城分成四個部分。圍繞首都的城牆上，每隔十英尺有一座堅固的城樓。

我輕輕舉步，跨過雄偉的西門，側身走過兩條大街。我只穿了短背心，因為怕我的外衣衣角會不小心碰壞屋頂和房簷。城裡的小街小巷只有十二英寸到十八英寸寬，我根本走不進去。這座城裡有五十萬人口，許多房屋都有三到五層樓，店鋪和市場也一應齊全。

王宮在城市的中心，正是兩條大街交叉的地方，外面又圍著一道兩英尺高的宮牆，牆和裡面的建築物隔了二十英尺遠。

在得到國王的允許後，我一步跨過了宮牆。牆和宮殿之間地方很寬敞，所以我可以全面參觀王宮。它的外殿有四十英尺見方，往內還有兩座宮殿，最裡面那座是國王的寢宮。我很想一探究竟，但儘管中間圍牆用四英寸厚的硬石頭建造得很堅固，可是真要跨過去卻很難保證不碰壞它。當時，國王很想讓我看看他的豪華寢宮，可是我辦不到。

最後我花了三天時間，在離城一百碼外的皇家森林裡，用我的小刀砍了幾棵最大的樹，用這些木料做了兩個能承受我體重的凳子。我拿著兩個凳子，來到王宮外殿旁，先站在一個凳子上，再將另一個凳子舉過牆頂，輕輕地放到第一座和第二座宮殿之間八英尺寬的空地上。這麼一來，我就能夠輕易跨過外殿，站到另一個凳子上面。最後我利用這種凳子接力的方法，走到了內殿的國王寢宮。

我側身躺下來，把臉貼近他們特意打開來的二樓窗口，終於看見寢宮裡的華麗裝飾。我還看到了王后和小王子們，他們身邊圍著許多貼身侍女。王后很和藹地對我微笑，我也遵守禮節地親吻了王后從窗口伸出的手。

★　★　★

在我恢復自由大約兩個星期之後，有一天早晨，國王的內務大臣來到我的住處，說要跟我傳達一些重要的事情。我表示願意躺下來，這樣他可以比較方便靠近我的耳朵。可是，他倒願意讓我把他拿在手上面對面談話。

他首先祝賀我恢復自由，但是，他接下去又說，要不是因為里里普特國目前的處境，我恐怕不會這麼快就獲得釋放。內務大臣說：「在外人看來，我們里里普特國好像很和平、安寧，其實我們正處在內憂外患中，國家內部有黨派的激烈鬥爭，外部又受到敵國侵略的強大威脅。」

關於內部黨派鬥爭，他說：「七十多個月前，國內出現了兩個不同黨派，他們根據鞋跟高低分成了兩派。後來國王決定，王宮裡只任用低跟派的人，只有他們可以封官晉爵。而且國王尊貴的鞋跟，要比大臣們的更低一些。高跟派和低跟派於是結下深仇，從此互不往來，也互不交談。」

我認真地聽著，驚訝於這兩個黨派關於鞋跟的奇特政見。按照他們的計算方法，國王的低鞋跟只比他們低了十四分之一英寸而已！

「除了內部紛爭外，我們還面臨著布萊夫斯庫國侵略的危險。這個島國是世界上另外一個大帝國，勢力非常強大，與我們不相上下。

「至於你說過，世界上還有其他的國家，居住著和你一樣高大的人，我們的學者十分懷疑。據他們推測，你應該是從月亮或是哪顆星星上掉下來的。不然只要有一百個你這樣的巨人，就能不費吹灰之力，毀滅我們國家所有糧食和牲畜。

「根據我們六千個月的歷史記載，除了里里普特和布萊夫斯庫這兩個大帝國以外，根本沒有提及過其他國家。而我想也有必要告訴你，里里普特和布萊夫斯庫兩國之間，曾經進行過一場長達三十六個月的戰爭。」

聽了他的話，我知道他們還不相信，這個地球上存在像我一樣的人類和其他國家，但我很有興趣聽他說下去。

內務大臣接著說：

「那場戰爭開始的原因是這樣的。從前，人人都認為，吃雞蛋應該敲破頭大那一端的殼。但是，現任國王的祖父在小的時候，有一次照老方法敲破雞蛋殼，不幸割破一根手指頭。

「因為這樣，當時的國王就頒布了一道聖旨，命令全國臣民吃雞蛋要敲破頭小那一端，違令者必須受到嚴厲處分。人民對這條法律非常不滿，有些人寧死也不肯服從。查閱歷史記載，我們發現因為這道聖旨，前後共發生過六次叛亂事件。為此，有一個國王犧牲，另一個丟了王位。

「這幾次內亂，都是布萊夫斯庫國王煽動的！每次叛亂平定後，那些失敗者總是逃到布萊夫斯庫去避難，也得到他們國王的信任和支持。之後，兩國爆發了一場血戰，延續三十六個月，各有勝負。

「對戰期間，我國損失了四十艘主力戰艦和許多小型兵船，還損失了三萬名精銳的海軍和陸軍。當然，敵人的損失比我們還多一些。但是現在他們已經建立了一支龐大的艦隊，準備向我們展開大規模的襲擊。國王非常信任你的英勇和力量，所以吩咐我來告訴你這件事。」

聽了這番話，我請內務大臣轉達國王，清楚表明我對此事的態度。我說：「我是一個外人，不便干涉貴國內部的黨派糾紛，但是如果貴國面臨外敵侵略，就算冒著生命危險，我也會竭盡全力抵抗入侵者來保衛它。」

第四章　阻止敵人入侵

布萊夫斯庫國位於里里普特國東北的一座島嶼，兩國之間只相隔一道八百米寬的海峽。我還沒有見過那座島。在得知可能有戰況後，我就避免在那一帶海邊露面，怕被敵人的船隻發現。

到目前為止，布萊夫斯庫國還沒有得到關於我的情報，因為戰爭時期，兩國之間嚴禁一切往來，違令者將被處以死刑。里里普特國王也禁止所有船隻出港，因為據偵察兵報告，敵人艦隊都停泊在港口海面，一旦出現有利船艦行進的風向，就會即刻啟航，前來發動攻擊。

關於兩國之間的海峽深度，我請教了最有經驗的水手們，他們告訴我，海峽中央在漲潮時有六英尺深，其他地方一般是五英尺深左右。

為了偵察敵情，我走到正對著布萊夫斯庫國的東北海岸，在一座小山後

面趴下來。從口袋裡拿出我的袖珍望遠鏡，仔細觀察敵人停泊在港口的艦隊，發現它們是由五十艘戰艦和許多運輸艦所組成。

面對這個略顯龐大的艦隊，我向國王提出一個奪取敵人所有軍艦的計畫。我找來一大捆最結實的纜繩和鐵條（每條纜繩與英國貨物上的打包繩差不多粗細，每根鐵條與英國婦女使用的編織針差不多）。我將三條纜繩搓成一根，又把三根鐵條絞在一起，並將鐵條頂端彎成鉤形。

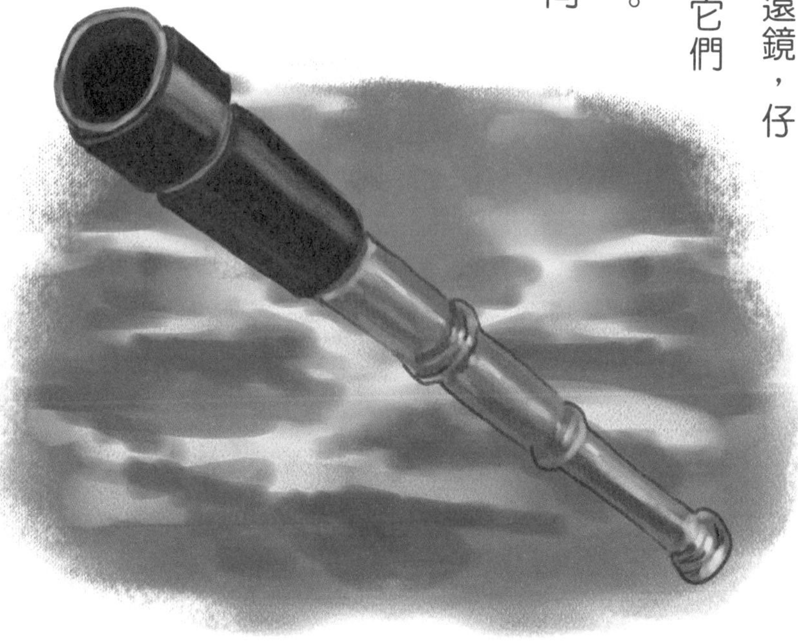

就這樣，我準備好五十副帶著鐵鉤的纜繩後，來到東北海岸，脫掉外衣、

鞋子和襪子，只穿著皮背心，在漲潮半小時前走入大海。我以最快的速度涉水前進，在海峽中央最深處游了約三十碼後，又踩著海底前進。不到半小時，我就到了敵人艦隊所在的港口。

這時，敵人也從海上看見我，有的士兵嚇得從船上跳下海，拼命向岸上游去。我拿出繩鉤，用一個繩鉤勾住一條船，再把所有的繩頭紮在一起，打成一個結。這時，敵人向我發射出幾千支箭，有許多射中我的手和臉。針扎般的疼痛，大大阻礙了我的行動，而且我也很擔心我的眼睛會被射瞎。

噢！我突然想起：「不是有一副眼鏡放在我口袋裡，沒被官員搜查到嗎？」於是我趕快拿出眼鏡，牢牢地架在鼻樑上。這樣武裝起來後，敵人的箭就沒那麼可怕了。

我繼續大膽進攻。很快地，我把船艦全部勾住，然後拿起繩結，開始拖拉起來。可是沒有任何一艘被拉動！原來，每艘船都下錨固定住了。我趕緊掏出小刀，一一割斷錨索。這時候，敵人射來更多的箭。我的臉上和手上至少中了兩百箭，但我顧不得這些，抓起繩子，輕易就把五十艘敵艦拉動了。

敵人一開始根本沒有料到我的意圖，突如其來的巨人讓他們驚慌失措，只能拼命地射箭。後來他們看見我割斷錨索，也以為我不過是想讓船艦漂走，或是互相衝撞。最後，當他們感覺全部船艦不由自主地移動，又看見我在一頭拉著繩子，才明白發生了什麼可怕的事情。從他們口中發出的驚恐叫喊，簡直悲傷絕望的無法形容。

我拖著五十多艘船艦，走了一會兒，在遠離敵人港口後，便停下來，把扎在手上和臉上的箭拔出來，敷上國王給我塗過的油膏。等了一會兒，直到潮水退去一些，我才摘下眼鏡，帶著我的俘虜涉過海峽中段，平安抵達里里普特國的皇家港口。

我看到國王和所有官員都站在岸邊，翹首期盼著這場奇特戰爭的結果。剛開始，他們看到我從水中露出頭，水深及胸，身後又有船艦形成一個半月形向前移動著，還以為我就快淹死，而且敵人的艦隊正排列成作戰隊形，向

他們進攻過來。

可是隨著我越走越近，他們終於看清楚，原來我是拉著繩子，將整支艦隊統統帶回來了。一會兒，當我走上海灘，就聽見一陣歡呼聲。於是我停下腳步，握著繫住船艦的繩頭，也齊聲高喊：「里里普特國王萬歲！」

戰爭勝利了，這位偉大的國王說盡一切讚美我的話，並封我為「那達克」，這是他們國家最高貴、最光榮的名譽頭銜。

國王希望我乘勝追擊，找一個機會把敵人其餘的船艦全部牽來，澈底消滅那個國家。看來帝王們的野心都是沒有限度的，他一心想把布萊夫斯庫國降服，納入自己的版圖，再強迫那個國家的人民從小頭的一端敲雞蛋，這樣一來，他就成了唯一的國王。

我當然不能這麼做！於是，我從正義、和平等方面舉出許多理由，努力改變國王的想法。最後，我更直言不諱地說：「我不是把另一個民族變成奴隸的工具，我絕對不會充當這樣的角色！」在議會上辯論這件事的時候，一些聰明的大臣都同意我的意見。於是國王就不再堅持了。

三個星期以後，布萊夫斯庫國派了一支最高代表團前來談判。代表團中共有六名使臣和五百名隨從，雙方很快就和平條約達成協議，其中條件都對里里普特國十分有利。

由於我的聲名遠播，在這場戰爭中的決定性影響，以及不攻占他國的友善主張，所以，布萊夫斯庫代表團在簽好條約後，就上門來找我，並以他們國王的名義，邀請我造訪他們國家，希望我向他們的人民展示驚人的力量。

我接受了代表團的邀請，請使臣們代我向布萊夫斯庫國王致敬，說我在回國以前會去覲見他，這讓他們感到非常滿意。然而，當我請求里里普特國王准許我前往布萊夫斯庫國時，他雖然答應了，態度卻顯得非常冷淡。我實在猜不出其中的原因。

後來財政大臣和海軍大臣跟我說，我和那些使臣見面，已經是一種叛國的行為。對於這個說法，我覺得自己問心無愧，因為我並不是私下和布萊夫斯庫國的人密謀什麼，而是在公開見面時談論這些事的。

不過，這件事讓我第一次感受到，里里普特君臣們對我起了戒心。

第五章　里里普特的奇聞怪事

我在里里普特國已經生活得非常習慣，日常生活安排得井井有條。我從皇家森林裡砍了幾棵最大的樹，給自己做一張桌子和一張椅子。國王派了兩百個女裁縫師，為我縫製襯衫、床單和桌布，選用的是他們國內最牢靠、最粗厚的布料。不過，裁縫師們仍是需要將把那些布折成好幾層後再裁剪製作，因為那些粗布對我來說還是太薄了。

女裁縫師為我量襯衫尺寸的時候，我人躺在地上。我先把一個人放在我的脖子上，把另一個人放在我的小腿肚上，她們兩人各自拉著一條粗繩的兩頭，第三個人就用一根一英寸長的尺來量這條繩子的長度。我的舊襯衫被攤在地上當做樣版，好讓她們為我做出最合身的衣服。

另外還有三百個男裁縫師來幫我裁製外套。他們採用了另一種方法來為

我量身。先是豎起一架高高的扶梯，搭在半跪的我身上。再由一位裁縫爬到梯子上，把一條帶錘的線從我的衣領垂到地面。這樣量出來恰好等於我的上衣長度。至於腰圍和臂圍，是我自己量給他們的，因為對他們來說，要量這兩個地方的難度實在太高了。

我的飲食供應方面也十分充足。國王派了三百個廚師給我做飯，他們就住在古殿堂旁邊的簡式小屋，跟自己的家屬一起住在裡面。每位廚師每次做兩道菜。

用餐的時候，我會提起二十名侍者放在桌上，另外一百多名在地面上侍候，有的捧著肉盤，有的抬著酒桶和其他飲料，有的拿籃子裝著麵包。桌上的侍者利用滑輪，用幾根繩子很巧妙地把這些東西拉上來，就像我們在歐洲從井裡用吊桶汲水一樣。

以我的食量，他們的一大盤肉只夠我吃一口；一桶飲料，我也一口就能喝掉。有些肉我可以連骨頭一起嚼碎吞掉，就像我在自己的家鄉吃烤乳鴿的腿一樣。侍者們看了，都非常驚訝。他們的鵝和火雞，我一口就能吞掉一隻！必須承認的是，味道比我以前吃到的美味多了！

里里普特國的貴族們時常來拜訪我。在他們來到門口，互相問過安後，我便會小心地用雙手把他們的馬車和兩匹馬捧起來，放在我的大桌子上，這個大桌子就足夠他們活動了。為了防止發生意外，我在桌子的四周安裝了一道五英寸高的活動桌邊。

客人多的時候，桌上會同時有四輛坐滿客人的馬車，我就坐在椅子上，把臉靠近他們，回答他們提出的各種問題，向他們講述跟我一樣大小的人類生活情形，他們聽了往往驚奇不已。在我們談話的時候，車夫就慢慢地趕著馬車在桌上兜圈子。無數個午後，我都是在這種聊天中愉快度過的。

有一天，國王陛下為了視察我的生活情況，就和王后、年輕的王子和公主們來到我的住處，與我一起用餐。我也把他們安置在我的大桌子上，讓他們坐著皇家的椅子。我面對著他們坐在餐桌邊，國王的衛隊站在他們左右。

吃飯的時候，我和國王愉快地聊著，財政大臣拿著國王賜給他象徵權力的權杖也站在一旁，我發現他看我的時候，臉上顯露出極不滿意的神色。我猜想他可能是嫉妒我在國王心目中的地位，便裝出不在意的樣子。同時，為了使他們對我這個巨人更加欽佩，我這餐吃得比平時還多。

在這段還算安定的日子裡，我也仔細考察過這個國家。在我看來，這裡的奇聞怪事可真不少！比如說，除了人的身高普遍不及六英寸，其他動物和植物也有相對應的比例，例如最大的牛和馬高度是四、五英寸，羊只有一點五英寸，鵝僅有一般麻雀那樣大小。這裡最高大的樹木有七英尺，我伸出拳頭剛好能夠碰到樹梢。其他植物的大小，也可以按照比例推算出來。

這麼小的比例，依我的眼力，一些日常小東西幾乎是看不見的。但是，里里普特國的人都看得清楚（只不過他們的眼力瞧不遠）。我曾見過一個廚師捉住了一隻百靈鳥，那隻百靈鳥就像我們平常看的普通蒼蠅大。還有一個小裁縫師把我根本看不見的一根絲線，穿過我幾乎看不見的針眼中。這些事情都證明，他們看近物的眼力是相當敏銳的。

里里普特國也有自己的語言和文字，他們寫字的方法很特別，既不像歐洲文字的從左到右，也不像阿拉伯文字從右到左，而是斜著從紙張這一角寫到那一角。

他們也有自己的風俗，讓我印象最深刻的是埋葬往生者的方法，是把死者的頭朝下。因為他們認為，所有的人死了一萬一千個月之後就會復活，到那時候大地上下顛倒，只要照這樣子埋葬死者，一旦他們復活時，就會發現自己已經好好站著了。

這個國家還有很特別的法律和風俗，可是，後來我沒機會繼續考察下去了。一是因為突然爆發戰爭，二是發生了一件事，讓我大禍臨頭。

第六章　逃往布萊夫斯庫國

在接受了布萊夫斯庫國的邀請後，我就一直打算去覲見他們的國王。一天夜裡，里里普特國的一位大臣，祕密來到我的住處。他與我的交情並不深，只不過因為有次他觸怒國王，國王要懲罰他，當時我認為他並沒什麼錯，便挺身為他說了幾句話，後來國王寬恕了他。為此，他十分感激我，但我並沒有特別放在心上。

這天夜裡，這位大臣偷偷摸摸地來到我這裡。我感覺有事情即將發生，於是關上大門，把他放到桌子上。我注意到他的臉色非常沉重，他要我耐心聽他講完一件事，這事情嚴重關係到我的榮譽和生命。

「你要知道，」他說：「最近，宮中幾位大臣正在密謀如何處置你。兩天前，國王已經決定要審理這件事了。其實，打從你來到里里普特國，海軍

146

大臣就十分嫉恨你。起先我不明白，直到你與布萊夫斯庫國作戰大獲全勝，搶走了他的光彩，他對你的仇恨就更深了。他聯合財政大臣和其他幾個人，準備了一份彈劾書，準備向國王控告你叛國罪和其他罪行呀！」

我打斷他的話，問：「國王當初向我請求援助，我不可能坐視敵人侵略，置之不理啊！不管怎麼說，我在戰爭中曾立下功勞，國王也為此頒給我名譽頭銜，現在怎麼反倒成了罪人呢？」

他請求我先不要說話，又接著往下講：「上次你為我仗義執言，才使我免遭懲罰。為了報答你，我冒著掉腦袋的風險，替你打聽到這件事的來龍去脈，並且弄來一份彈劾書的副本。」

他小心地取出一本冊子，我接過來一看，是一本針對我草擬的彈劾書。彈劾的內容大概是這樣：

第一條，控告格列佛曾把布萊夫斯庫國的艦隊俘獲，押到皇家港口後，國王命令他去奪取敵人所有的船艦，將該國澈底殲滅後，納為里里普特國的一個省，並派一位總督去管轄；而且要把那些違抗吃蛋法律的逃亡者剿滅，投降的人民如有不服從此律者，也必須一併處決。但他居然藉口不願違背良心、和殘害無辜人民的自由和生命，而違抗陛下的旨意。

第二條，控告格列佛在布萊夫斯庫國的使臣前來講和時，居然像個偽善的叛徒一樣，去幫助、安慰和討好那些使臣。

第三條，控告格列佛才得到國王陛下的口頭許可，就準備前去布萊夫斯庫國，這是暗藏禍心、企圖謀叛的行為，他其實是想去幫助、煽動逃亡布萊夫斯庫國內的人，而那些人都是里里普特國最大的敵人。

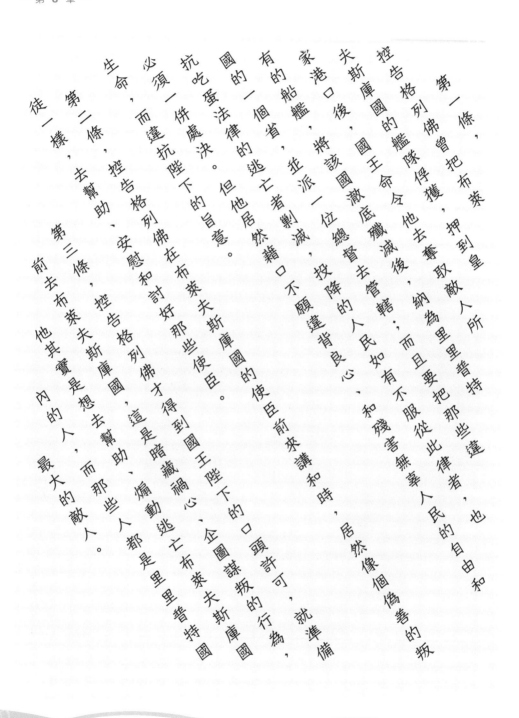

「還有一些其他的附加條款，不過這幾條是最主要的。」大臣說：「在幾次彈劾的會議中，國王再三強調你立下的功勞，試圖為你減輕罪名。但財政大臣和海軍大臣仍堅持要處置你，因為只要你在這裡一天，他們就會嫉恨你一天。他們甚至主張在夜裡放火燒你的住處，或者由陸軍大臣率領兩萬名士兵用毒箭射死你，他們

還祕密收買你身邊的幾個僕人，要把毒汁灑在你的襯衫上，讓你抓破自己的皮肉，痛苦地死去。陸軍大臣為了達到目的，私下裡串通好多人。在他的淫威下，現在，多數人都在反對你。」

我聽得目瞪口呆，完全沒想到戰爭過去了，背後卻有那麼多陰謀在針對我，而我根本沒有覺察。

「內務大臣一向自認是你的忠實朋友。他雖然承認你有罪，但還是可以寬恕的。因此他不主張國王處死你，而是提議刺瞎你的眼睛。他認為失去雙眼，不會減損你的力量，你還是能繼續為國王陛下效勞。」

大臣繼續對我說道：「但是這個友善的提議遭到其他人的激烈反對。會議上，海軍大臣忍不住氣地站起來，說一個內務大臣竟然主張保全一個叛徒的性命！他又說，身為巨人的你，功勞越大就越加重你對這個國家的威脅。萬一你一不稱心，就會用你奪取敵人艦隊的那種力量，把敵人的艦隊送回去。海軍大臣堅持認為你是叛徒，並且堅持要把你處死。

「財政大臣也提出另外一個意見。他指出，為了供給你吃喝用度，國家的財政日漸困頓，眼看就要支持不下去了。但如何處置你，他也沒有什麼意見，但是不主張刺瞎你的眼睛，因為那不僅無法減少開銷，反而會增加國家的負擔。他舉例說，從刺瞎家禽眼睛的例子看就很明顯，牠們眼瞎了以後，吃得更多，也肥得更快。」

我耐心地聽著

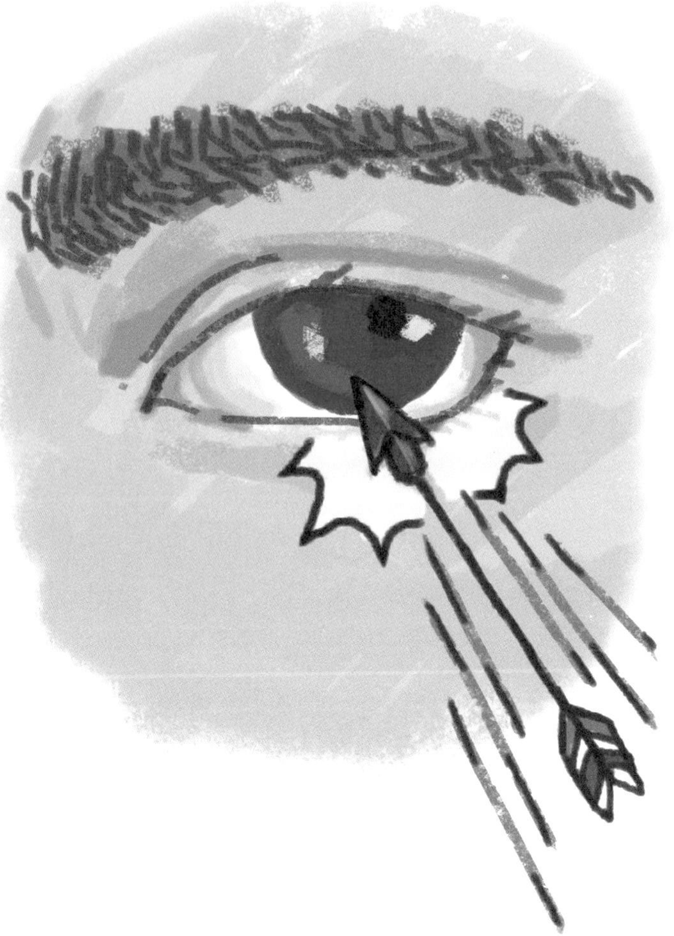

大臣對我一一講述。

大臣接着說：「可是，內務大臣又說，刺瞎你的眼睛以後，可以逐漸減少你的供給，你缺少營養，漸漸身體越來越衰弱，幾個月內就會死掉。經過討論，最後大家決議刺瞎你的眼睛。三天之內，內務大臣就會奉命到你家裡來，向你宣讀彈劾書。然後表明國王和議會對你非常寬容，所以判決只刺瞎你的眼睛。執行方法是讓你躺在地上，把箭射進你的眼珠！」

聽完他的話，我倒抽了一口冷氣。

最後，他對我說：「請你好好考慮採取的對策吧！我只能提供這麼多了。為了避免洩密的嫌疑，我得馬上回去，像來的時候一樣避人耳目。」說完，他擺擺手，趁著夜色悄悄地走掉了。

大臣走後，只剩下我一個人，我完全沒想到自己會陷入這場宮廷風波，心裡充滿疑慮，不知如何是好。我思考了一個晚上，回想起海軍大臣平時對我的態度，又想起國王對我前往布萊夫斯庫國的不信任態度，我決定還是採取一些比較安全的應對方法！

天亮的時候，我做了決定。我要利用國王陛下答應我去拜訪布萊夫斯庫國發下的許可證，那上面寫著三天期限，足夠我安排好自己。於是我寫了一封信給內務大臣，表明我當天早上要出發到布萊夫斯庫國去。

為了保全眼睛，也不想失去自由，我沒等內務大臣回信，便逕直走到停泊艦隊的港口。我抓住一艘大軍艦，在船頭上繫上一條纜繩，拔起船錨，脫掉衣服，把衣服捆裹起來，連我帶來的被單一起放在船上。然後，我拖著船離開里里普特國。

半小時後，我就來到布萊夫斯庫的皇家海港。這裡的人民盼望見到我很久了，一聽說我來，高興的不得了，立刻派兩名嚮導帶我到他們的首都去。我把兩位嚮導捧在手裡，一直走到城門外，放下他們，請他們把我到來的消息報告一位大臣。我則留在城外等候國王的接見。

大概過了一個鐘頭，我得到宮裡回話，說國王正帶著皇族和大臣們出城來迎接我。不久，國王一行人浩浩蕩蕩來到城門，國王和他的侍從紛紛下馬，王后和貴族們也下了車。

也許是已經聽聞了有關我的諸多事蹟，面對龐大的我，他們沒有什麼驚惶或憂慮的神情。為了親吻國王和王后的手，我俯在地上，並恭敬地告訴國王，我得到了里里普特國國王的許可，很榮幸能來拜見他這樣偉大的君王。我願意替他效勞。關於里里普特國準備處置我的事，我一個字也沒提。

第七章　返回祖國

來到布萊夫斯庫國後，我受到人們熱情的款待，大家好奇的神情和驚奇的議論，和當初在里里普特國的時候差不多。

一天清晨，我來到這個島的東北海岸。向遠處眺望的時候，隱隱約約看見在離岸大約一英里半遠的海面上，有一個黑乎乎的東西，很像是一艘小船。為了看得更清楚，我立刻脫掉鞋襪，涉水走了兩、三百碼，發現那個黑東西被潮水沖刷到離我更近了。

這下我看清了，那真的是一條小船。我猜想，大概是暴風把它從大船上吹落，掉到海裡的。這條小船，簡直就是上天賜給我的完美禮物！

我馬上回到城裡，向國王報告這個消息，並請求國王把港口二十艘最大的軍艦、以及三千名水兵借給我。國王同意了。於是這支艦隊繞道駛出海面，

前往那片海域，而我抄近路回到發現小船的海岸邊。

由於受到潮水的沖刷，小船被海浪推得離岸更近了。一個鐘頭後，那些軍艦也到了。我脫下衣服，涉水走到離小船不遠的地方，再游到小船的前面去。軍艦上的水兵們隨後跟上來，他們把粗大的繩子扔過來給我，我把它捆在小船船頭的一個小洞上，又把另一頭綁在軍艦上。

接著，我游到小船後面划水，並用手儘量推著小船向前，加上潮水推波助瀾，不久我就能站立把頭露出水面了。休息兩、三分鐘，我再繼續推，一直推到水深到我胳肢窩的地方，然後我拿繩子把更多軍艦綁著小船。

這時正好順風，軍艦動力全開，水兵們用力地拉，我在後面用力地推，終於把船移動到離岸不遠的地方。最費力的工作完成了。我們停下來，等到潮水退去，我走到小船邊，靠兩千名水兵用繩子和機械的協助，把倒扣的小船翻到正面來。我仔細把船體檢查了一遍，發現小船還算結實，只是有一些輕微的損毀。

之後我花了十天工夫，砍了一些大樹，做成幾根船槳，才把小船弄到布萊夫斯庫的皇家港口。那裡已經聚集了許多人，第一次看見這麼龐大的一艘船，他們都感到驚奇不已。

國王也帶著隨從們來觀看這艘巨船。我告訴國王，這艘船簡直就是上天帶給我的幸運禮物，它可以載我到其他地方，也許還能返回我的祖國。但是這艘小船有一點損毀，無法立刻起航，我懇求國王賜予給我修船的材料，並且發給我離境的許可證。

布萊夫斯庫國王並不希望我離開，他苦苦勸我許久，希望我繼續留在他們的國家。但是我堅持不願改變想法。後來，他竟然爽快答應了。

我覺得很奇怪，他為什麼那麼快改變主意，而且在這些日子裡，我不辭而別離開里里普特國後，也沒有聽他說起里里普特國有送來關於我的緊急信件。按照常理，他們知道我「叛逃」到這裡後，必定會提出外交抗議才是。我始終想不通這是怎麼回事！

後來，有人暗地裡告訴我，原來里里普特國王沒料到我已經知道他的計畫，還以為我不過是拿著他頒發的許可證，來布萊夫斯庫國拜見他們國王，過幾天就會回去了。

可是，我一走就沒有音訊，完全沒有回國的跡象，他才開始擔心起來，趕緊和海軍大臣、財政大臣等人商量之後，派了一位外交使臣，帶著彈劾我的罪狀副本，來到布萊夫斯庫國。

這個使臣奉命向布萊夫斯庫國王宣讀我的罪狀，並表明他們國王非常寬容，僅判處刺瞎我的眼睛，而我卻逃避制裁，叛離不回。如果兩小時內，我還不回去，他們就要取消我的「那達克」榮譽頭銜，宣告我是叛國者！

這位使臣又說：「為了保持兩國的和平友好，希望布萊夫斯庫國立刻派人將格列佛的手腳綁住，送回里里普特國，接受叛國罪的處置。」

布萊夫斯庫國的國王聽到這個消息後感到非常意外，態度非常謹慎。一方面，他不想得罪里里普特國，剛剛達成的和平協議，不得違背。另一方面，他也想把我留在國內，為他們國家效力。但我是一個叛國者的身分，讓他感到非常為難！

布萊夫斯庫國王考慮了三天以後，給里里普特國王回了一封信，寫道：「強行把格列佛綁了送回去是不可能的。但是貴國可以放心，因為那個巨人在海邊發現了一艘巨船，我已經下令協助他把船修理好。相信幾個星期以後，我們兩國都可以擺脫這個累贅了。」

那位使臣就這樣帶著信回到里里普特國去了。布萊夫斯庫國王把全部經過告訴我，同時表示，假如我繼續留下來為他效力，他會暗中保護我，絕不會做出將我綁起來送

回里里普特國的事。

儘管我相信他的誠意，但是我已經下定決心，不要太信任國王和大臣們說的話！為避免捲入兩國更多紛爭，我得儘量避免和他們打交道。因此，我謝過國王的好意，並請求他的原諒。我說：「既然命運讓我得到一艘船，雖然不知道結果是好是壞，我已經決定出航冒險。而且，我不願意成為兩位偉大國王爭執的導火線。」

我發現，當國王明白我去意已決，勸留無效後，對我堅持的決定，他是覺得滿意的。因為發生了這麼多事情，我急著趕快啟程。國王也盼望我趕快離開，便很爽快地提供了我許多協助。

他派來五百名工人，照我的指示，把十三層最結實的亞麻布縫在一起，給我的船做了兩張帆。我把他們國內最粗、最結實的船繩，十條、二十條、三十條地編成一條條大船繩索。

但是沒有合適的錨怎麼辦？我在海邊找了好久，發現一塊大石頭，很適合當船錨用。然後，我利用三百頭牛取下的油脂，拿來塗抹船身。另外，為了製作船槳和船桅，我拿小刀費力砍下幾棵最高大的樹木，削成粗胚後，靠著船工們大力協助，幫忙刨光打磨完成最後成品。

就這樣準備了大約一個月，船上的東西終於準備齊全。我前去向國王辭行，我恭敬的對他行禮，俯下身親吻他的手，也親吻了王后和王子們的手。國王賜給我五十個錢袋，每個錢袋裡裝有兩百枚「斯巴路」，這是他們國家的錢幣。國王還送給我一幅他的全身畫像，我馬上把它放到一隻手套裡面，免得弄壞了。

這一去不知要航行多久，船上的糧食備得非常充足。我在船上裝了一百頭牛和三百隻綿羊的生肉，裝了足夠的麵包和水，還有用四百個廚師才煮得出來的大量熟肉乾。除此之外，我還帶了六頭活母牛和活公牛，和六頭活母羊和活公羊。我想把牠們帶回祖國繁殖。為了確保這些牛羊的飼料充足，我又帶上一大批乾草和穀子，準備在船上拿來餵食牠們。本來我還想帶走十二個當地人，但是國王拒絕了這個要求。我感到很遺憾！

1701年9月24日清晨

一切就緒，我終於啟程了。站在岸上歡送我的人群越來越小，慢慢看不見身影。我不禁感慨萬千，大約兩年前，我流落到這個不知名的地方，經歷這麼多奇怪的事情，現在終於可以返回祖國了。

向北航行不久，海上吹起了東南風。我在西北方向發現了一個小島，於是，立刻調轉船頭前進，在島的背風面拋錨停泊了下來。登上這個小島，發現這裡好像荒無人煙。由於天色越來越暗，我吃了一些船上帶來的東西，就在背風的地方休息。這一覺睡得很沉。

醒來後，沒一會兒天就亮了。我吃了早餐，整理一下船上的東西，又繼續開船前進。這個時候航行正好是順風，我靠著袖珍指南針的指引，繼續沿著昨天的航線前進。

獨自在茫茫的大海上航行，覺得乏味了些。第二天下午大約三點鐘，我突然發現前方有一艘帆船，正向著東南方行駛。據我推測，這時距離布萊夫斯庫國已經有二十四海里，我的方向是正東。我立刻扯開嗓子，朝那艘帆船喊叫，但是，對方沒有任何反應！

這可不太妙，如果錯過這次機會，我又不知何時才能遇上另一艘船。就在我竭力喊叫的時候，我發現，因為受到風的吹拂，我的小船已經慢慢接近它。於是我揚起帆，全

速前進，過了半小時，那艘船上的人終於發現我，因為對方升起旗子，並鳴槍示意。

啊！我簡直興奮得快發狂了！我終於遇見能幫助我的人！那艘船降下風帆慢慢行駛，兩個多小時後我終於趕上它。看見船上懸掛的英國國旗，我的心激動地跳起來。等兩船靠近，我把船上的牛和羊都放進上衣口袋，然後帶著我的糧食登上了大帆船。

這是一艘英國商船，航行了北太平洋和南太平洋，現在是從日本返航途中。船長是一個十分熱情、周到的人，他這艘船上大約有五十個人。我在這裡竟然還遇見一個熟人，名叫彼得，這真是太令人意外了！

彼得看到我奇怪的裝扮，問我是從哪兒來，又要到哪兒去。於是，我把這兩年來在小人國的經歷，簡要地跟他敘述了一遍。可是彼得根本不相信我說的話，他以為我根本是瘋了。我百般描述也無法讓他相信我沒有說謊，於是我只好從口袋裡，把小人國帶出來的牛和羊拿了出來。

他張大嘴巴，簡直說不出話，終於相信我說的是實話了！我又讓他看布萊夫斯庫國王賞給我的金幣、國王的全身畫像和其他的袖珍東西。彼得被這一切深深吸引住了，他看著這些小東西愛不釋手。於是我送給了他兩個錢袋，每一袋裝著兩百枚小人國的錢幣「斯巴路」。我還答應在我們到英國以後，送他一頭懷孕的母牛和一頭懷孕的綿羊。

我繼續待在大帆船上跟他們一起返航，常常向水手們講述我在小人國的奇特經歷，日子過得愉快又愜意。只不過，中間發生了一件不幸的事情。船上可惡的老鼠把我的一隻袖珍羊拖走，我卻沒有聽見牠細弱可憐的叫聲，後來我在一個角落裡發現牠的屍骨。真是太悲慘了。之後，我便更加細心地照料著這些小動物們。

1702年4月13日

在海上度過幾個月後，我終於順利抵達英國。我把船上的物資全部運上岸，那些可愛的牛、羊也都生活得非常好。這都要感謝熱情的船長提供我一些餅乾，讓我把餅乾磨成粉，加上水後，充當牠們的糧食，否則在這樣長時間的航行中，牠們的性命可難保安全無虞。

回到家，家人對我突然平安歸來感到既驚訝又欣喜，在兩年漫長渺無音訊的日子裡，他們都已經暗暗放棄希望。我的妻子更是時常以淚洗面，但她仍每日祈禱著。

返家後，我充分享受著與家人團聚的安逸生活，每天接待來探望我的朋友們，跟他們講述小人國奇特的見聞，展示我那些袖珍的牛和羊，以及其他奇特的物品。由於太多的人想聽我的航海奇遇，更想看看我帶回來的袖珍品，於是我便把這些牛羊拿出來展覽，還因此賺了一筆錢。

不過，這樣的生活只過了兩個月，我便開始覺得有些乏味。沒多久，我聽說有一艘商船要前往印度。喜愛航海的本性又在我身體裡不安分起來，當初遇難的艱苦全被拋到了腦後。就這樣，我在家只安適地待了兩個月，就不顧家人的反對和朋友的勸說，決意再次外出航海。

和妻子、兒女告別後，我登上了遠洋商船「冒險號」。

第八章　誤闖大人國

1702年6月2日

返家兩個月後，我再次離開祖國。這次搭乘「冒險號」啟航，一路非常順利，一直來到非洲南部的好望角。

當我們上岸去補充淡水時，發現船身有一處破洞。看情況不能再繼續冒險航行，大家只好卸下所有貨物，等待船體修補完工。不幸，船長又染上瘧疾，我們只好停駛到隔年三月，才又重新啟航。

未料，大船駛到馬達加斯加島北方時，竟遇上暴風的襲擊。這場暴風連續刮了二十天，天氣也非常糟糕，「冒險號」因此被遠遠吹離原定航向。

後來風勢終於平息下來，我們在海上度過兩天平靜的日子。但沒高興太久，海面又掀起洶湧波濤，大船連停穩都不可能，只能任由狂風巨浪擺布。

終於又等到這陣暴風完全平息，我們才再次放下風帆，開始盤點船上的物資，以及確認接下來的航向。

由於這場風暴實在太猛烈，連船上經驗最豐富的水手，也無法說出我們當時確切的位置。據我估算，大船應該是被往東驅行了至少一千五百英里。慶幸的是，我們的糧食非常充足，船身經過上次修理後，非常牢固結實，水手們健康的狀況良好。但我們有一個最大的隱憂，就是淡水儲備嚴重不足。

1703年6月16日

一名水手爬上桅杆大叫，發現前面有一片陸地，便趕緊把大家都叫喚過來。看見眼前的景象，大家都喜出望外。隔日，我們往陸地方向駛近，發現那是一片狹窄的陸地，還有一個小港灣，港灣的水淺得容不下一百噸以上的船隻，於是我們在距離港灣不遠處拋錨停泊。

船長派出十二名全副武裝的水手帶著水桶，乘坐小艇，上岸去尋找淡水。

我請求船長讓我和水手們一同前往，因為我想藉此機會到岸上視察一番。登上陸地以後，我們找遍所有地方，卻找不到河流或泉水，四周也看不見人的蹤影。水手們沿著海岸走來走去，在岸邊尋找淡水。我獨自一人往另一個方向走，可是我發現這裡到處都是岩石，沒有草木，看起來非常荒涼。

一會兒之後，我已經感到疲憊不堪，於是就往回走向剛剛上岸的港灣。豈料，我遠遠望見水手們都已爬上小艇，正拼命往大船划去。我拼了命向前跑，想追上他們，並大聲喊叫，希望水手們等等我，但一切都是枉然。我非常氣憤，心想：「難道他們就這樣把我丟在這裡走了？」

突然，我看見一個巨人，他正跨著大步伐往水裡跑，在後面追著小艇。水手們拼命地划著小艇，一靠近大船，便迅速登上大船，揚帆疾駛而去了。那個巨人沒有繼續追趕，可能是因為海底到處都是尖銳的岩石。

我不敢再逗留，馬上轉身沿著走過的路往回跑，驚恐地爬上一座陡峭的小山。從那座小山上，可以俯瞰附近的地形全貌。我發現四周都是耕地，令我最感到奇怪的是這裡的草，它們竟然有將近二十英尺高。

這時，我發現了一條路，這是一條麥田間的小路，而眼前一望無際的麥田，黃澄澄的，已經快到收割的季節。這裡的麥子長得非常高大，足足有四十英尺高。

我花了一個小時才走到這塊麥田的盡頭，眼前出現一道籬笆，這道籬笆少說也有一百二十英尺高。而籬笆外的樹木更加高大，我簡直無法估算它們的高度，只知道我要拼命仰頭才能看到樹梢。

麥田邊有一段臺階可以直通旁邊的田地。臺階有四級，但是我根本無法爬上這段臺階，因為每一級都有六英尺高，臺階頂端還有一塊高度超過二十英尺的大石頭。

既然無法爬上臺階，我只好開始尋找籬笆中的裂縫，看看能不能鑽出去。忽然，我發現有一個巨人從另一塊麥田朝著臺階走來，他的身材和剛才在海裡看到的那個大怪物一樣高大。

我又驚又怕，趕緊跑進麥田裡藏起來。我望見他站在臺階上面，回頭不知道在喊著什麼，他的聲音比擴音筒裡發出的聲音大上好幾倍，轟隆隆的，簡直就像打雷一樣大聲！接著，我看到七個和他一模一樣的巨人向他走來，他們的手裡都拿著鐮刀，每把鐮刀大約是英國的六把鐮刀那麼大。

這七人的衣服比第一個巨人樸素，像是僕人或是雇工。第一個巨人下達指令後，他們就到我藏身的這塊田裡來收割麥子。我趕緊想辦法要逃離這裡，但實在非常困難，因為麥稈間

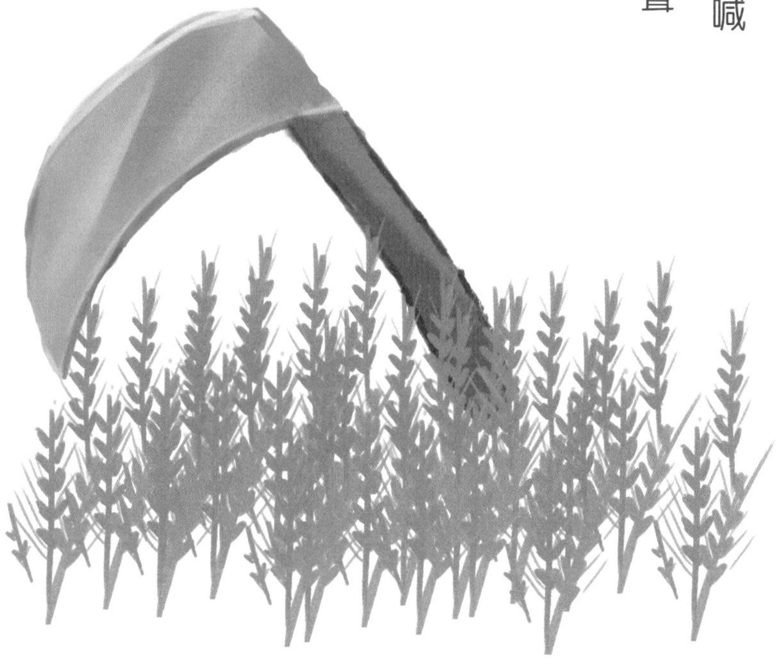

的距離太近，我很難從中擠出去。

不過，我還是使勁往前走，一直走到另一片麥田，但是這裡的麥子都亂七八糟地倒伏著，像是剛剛遭受過風雨摧殘一樣，眼前無路可通，地上的麥芒又硬又尖，戳破了我的衣服，都刺到肉裡去了。而在我身後，那些割麥的人動作非常快，已經非常接近我。

這回我真的陷入進退兩難的窘境。我絕望地躺在麥田裡，心想我今天大概就要死在這裡了。一想到即將失去丈夫的妻子和將要失去父親的兒女們，我不禁潸然淚下。我恨自己的愚蠢和固執，當初不顧所有親戚朋友的勸阻，又心存幻想地踏上第二次的航海之旅。

但是，我又想起兩年前在小人國的遭遇，那裡的居民把我看成世界上最大的怪物，我在那裡能夠一手牽走一個國家的艦隊，還能夠做出許多讓他們瞠目結舌的事，而這些事蹟一定會被載入那個國家的史冊！

可我如今卻被困在這個可怕的巨人群中，像極了一個小人國居民在我們英國人當中一樣，那麼渺小，那麼脆弱。因此我認為在小人國的經歷，只能算是我最小的災難罷了。因為對他們而言，我是一個巨人。

但現在呢？我身處在巨人之中，而且據說人類的身材越高大，就越彪悍而且殘忍。我心想：「在這些高大的野蠻人之中，不知道哪個巨人會捉住我，把我一口吃下去呢？」

當我沉浸自己的想像時，一個割麥子的巨人已經走到離我躺著的麥田不到十米的地

方。我擔心他再走一步就會把我踩死，或是我會被他手中的鐮刀砍成兩段，因此，當他抬腳要往前跨步的時候，我拼了命地大叫出聲。那個巨人停住腳，朝地上四處張望，終於看見躺在地上的我！

他遲疑了一下，開始觀察著我。巨人的神情非常謹慎，就像我們平時設法要捉一隻危險的小動物，生怕被牠咬一口那樣。當他覺得我不可能對他造成什麼威脅的時候，才大膽的用食指和拇指從後面捏住我的腰部，把我提起來，更仔細地觀察我。

我猜到他的用意，於是心裡非常鎮定。他怕我從他的手指縫中溜掉，所以緊緊地捏住我的腰部，把我提到離地面六十英尺高。為了不讓他傷害我，我兩手合攏，做出祈禱的姿態，並且用可憐的音調，向他表示我願意服從他，生怕他會把我丟到地上，活活摔死。

我的運氣還不錯，他好像不討厭我的聲音和樣子，反而對我大感興趣。我說的話他雖然聽不懂，但是他對我能字句清晰、語調柔和的表達，感到非常好奇。於是我做出痛苦的表情，流下眼淚，又低頭四處張望，輕輕擺動身體，我想讓他知道，他的拇指和食指把我捏得很痛。他明白了我的意思，於是捉著我衣服的下擺，輕輕地把我放在手上，帶著我去見他們的主人。

他們的老闆是一位富有的農場主人，也就是我一開始在麥田裡看見的那個人。他聽完工人的報告後，用一根麥稈（粗細和我們的手杖差不多），把我的衣服下擺挑起來，他以為那是我與生俱有的「殼」。接著，他又吹開我的頭髮，仔細看了看我的臉。他的腦袋在我面前晃啊晃，眼睛有水井那麼大，聲音震得我的耳朵嗡嗡響！接著，他把我輕輕地放在地上，讓我趴著，但是我馬上站起身來，在他們面前鎮定地走來走去，好讓這些巨人明白我並不想逃跑。

為了更仔細觀察我的舉動，他們全都圍著我坐了下來。我向農場主人深深地鞠躬，又雙膝跪下，抬起頭，舉起兩手，大聲地向他們致上最恭敬的問候，雖然我知道他完全聽不懂，但至少能看出我的舉止非常優雅。

接著，我從口袋裡拿出一袋金幣，恭恭敬敬地獻給農場主人。他伸手接過去，拿到眼前去看是什麼東西。只見他用一根別針撥來撥去，仍搞不清楚那個金燦燦的小豆子是什麼。

於是，我做手勢要他把手放在地上，我打開錢袋，把身上所有的金幣都倒在他的手上。除了二、三十枚小金幣以外，還有六枚西班牙大金幣。即使是大金幣，對他粗大的手指來說，要拿起來還是非常困難。於是他舔濕小指頭，沾起一個最大的金幣，又撿起第二個，仔細觀察，仍然不懂這是什麼東西。於是他做出手勢，要我把這些金幣重新裝好收起來。

經過這一番交流，農場主人相信我是一個有思想的動物。所以，他一再地對我說話，聲音非常洪亮。我用自己所知的幾種語言，盡可能大聲地回答他。為了聽清楚我說什麼，他還把耳朵湊近我。其實這根本沒用，我們之間語言不通，沒辦法進行溝通。

過了一會兒，雙方的溝通沒有太多進展。於是，農場主人打發工人們回去割麥子，他從口袋裡拿出自己的手帕，對折起來放在左手上，然後把手平放在地上，手心朝上，做手勢要我到手帕上面去。此時，我只能完全服從他，但是又害怕自己會掉下去，只好直挺挺地躺在手帕上面。

他用手帕裹著我，把我帶回他的家裡去。一進家門，就叫他的妻子過來。我當時很安分地躺在手帕裡，絲毫沒有要嚇唬女主人的意思。但是，當她看到手帕裡的我，突然發出了一聲尖叫，驚慌失措地轉身跑開，那情形就像英國的女士小姐們突然看見癩蛤蟆或蜘蛛一樣。

過了一會兒，她看見我對她丈夫的指令言聽計從，才帶著驚奇的神情觀察著我，然後漸漸地比較能接受我了。

第九章　被迫表演展示

中午，一個僕人準備好午餐後，農場主人和他的妻子、三個孩子和老祖母一起坐下來吃飯。他們就坐之後，農場主人把我放在飯桌上。但是，從桌面到地面有三十英尺高，讓我非常害怕，為了防止自己不小心掉下去，所以，我儘量遠離桌邊。

他們非常享受的吃著，而我自下船後，一直沒吃過東西，肚子也餓了。農場主人的妻子用餐刀切下一小片肉，又弄碎一些麵包，一起拿給我吃。我向她深深鞠躬致謝之後，便拿出我自己隨身攜帶的餐具，開始細細品味眼前的食物。他們對於我也會使用餐具進食，感到非常吃驚。

不久，農場女主人叫女僕拿來一個小酒杯，為我倒了一些酒。我非常艱辛地把杯子舉起來，以最恭敬的姿勢，用英語大聲地說：「為夫人乾杯！」

他們一聽，哈哈大笑，那轟隆隆的聲音差點把我的耳朵震聾！他們的酒嘗起來像我們平時喝的淡蘋果酒，味道還不錯。

等我吃完那些食物後，農場主人做個手勢，要我走到桌子另一邊。但是，我不小心絆到一片麵包皮，摔了一跤，所幸我並沒有受傷。可是，農場主人的小兒子，一個十歲左右的頑皮男孩，一把抓住我的兩條腿，把我高高提起。這突如其來的遭遇，嚇得我四肢發抖。農場主人趕緊從男孩手裡，把我救下來，嚴厲的斥責他的兒子，並要他離開餐桌。

看到農場主人如此愛護我，但我又不希望那男孩因此記恨我，於是我跪下去，指著男孩，想讓農場主人明白，我希望能寬恕他的兒子。農場主人答應了我的要求，男孩又回到座位上，我走上前去親吻他的手，他的爸爸則要他輕輕地摸摸我。

吃飯時，女主人心愛的貓跳到她的身上。當時我聽見背後有巨大的聲音，回頭一看，原來是一隻貓！當女主人餵牠、撫摸牠的時候，我看到牠巨大的頭和爪子，比我們的一頭公牛還要大上三倍。雖然我站在桌子的另一邊，離牠很遠，而且女主人為避免牠跳起來抓我，所以牢牢地按住牠，但這隻貓可怕的樣貌，還是令我很不安。幸好牠正在享受女主人的撫摸，並沒有注意到我，又或許是我離得太遠了。

以前我常聽人說，在猛獸面前要是逃跑或表現出很害怕的神情，就會引起牠來追你，或者攻擊你，因此我決定在這隻毛茸茸的怪獸面前，要顯出鎮定自若的樣子。

於是，我壯起膽小心地走過去，在貓的大腦袋前走了五、六趟。牠可能從來沒見過像我這種奇怪的小東西，所以看起來很怕我似的。農場主人家經

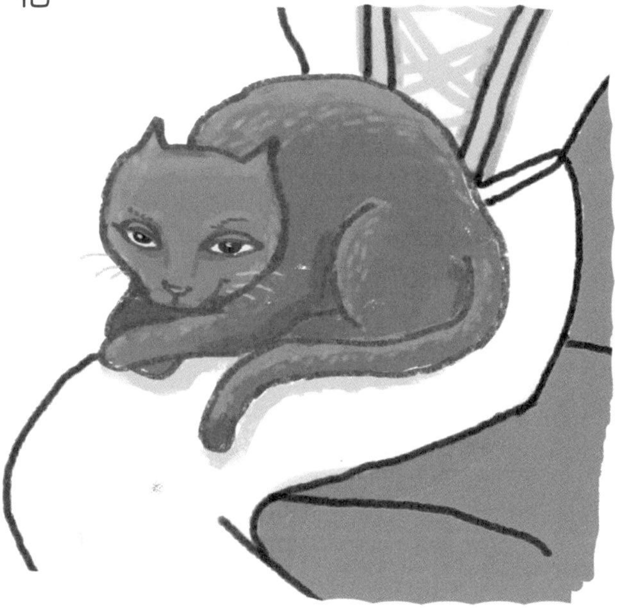

常有三、四隻狗跑進屋子裡來，其中一隻大小差不多和大象一樣大。所以，面對巨犬，我也是採同樣的辦法應付。

午飯快結束時，農場主人家的保姆抱著一個小嬰兒走進來。當他一看見桌子上的我，馬上哇哇大叫起來，叫聲又尖又響，簡直可以傳到五英里外。雖然他看起來非常巨大，但其實他只有一歲，就像我們的普通嬰兒一樣，嘴裡哇哇哇地哭鬧著，一直想要把我拿去當玩具。

農場主人的妻子也許是太愛他了，竟然把我拿起來送到他的面前。小嬰兒二話不說，一把抓住我，直接就放進嘴裡。女主人來不及阻止，我大吼一聲，嚇得這個調皮鬼馬上扔掉我。要不是女主人及時拿圍裙接住我，我的脖子準會摔斷。這真是太可怕了，我絕對不能再落到他手裡，因為那嬰兒完全把我當成了一個沒有生命的玩具！

吃完午飯後，農場主人得回到麥田，監督工人們工作。他囑咐妻子要小心照顧我。而我經過前面一場驚嚇，已經感到非常疲倦，很想睡覺，頻頻打哈欠。於是女主人把我放在她的睡床上，還找來一條乾淨的白手帕為我蓋上。那手帕比我們小船上的主帆還要大，但是質地沒那麼粗糙。

我大約睡了兩個鐘頭，在睡夢中，我夢見自己在家裡和妻子兒女待在一起。夢醒後，我才驚覺自己是在一間大房間裡，一個人躺在巨大的床上。女主人可能去料理家務了，不在房裡。我看了看，床鋪離地面非常高。我雖然想下床，卻不敢喊叫。我估計他們應該都在廚房裡，而我睡的這間臥室離廚房很遠，喊了也沒有用。於是我只好繼續躺著，想像著自己接下來又會遇到哪些恐怖的事。

這時，我聽到窸窸索索的聲音！我起身一看，嚇了一跳！眼前竟然有兩隻大老鼠爬進圍帳，跑到床上找吃的！其中一隻已經快要跑到我的臉上來了！我嚇得跳起來，抽出佩劍對付牠們！這兩隻可惡的傢伙欺負我個子矮小，對我兩面夾攻。一隻老鼠撲上來，用前爪抓住我的衣領，我揮起佩劍一刀把牠砍了。另一隻老鼠看見同伴的下場，立刻跳下床落荒而逃。我追上去刺了牠一劍，雖然沒有致命，但也造成了牠的背部受傷。

趕跑了老鼠，我在床上來回踱步地巡視著，生怕牠們再跳上來攻擊我。要知道，大人國裡的老鼠可有我們的獵狗那麼大，甚至比獵狗更敏捷、更兇猛！我很慶幸自己躺下睡覺前沒有解下繫佩劍的皮帶，否則我一定早被老鼠給生吞活吃了！

不一會兒，女主人進房來，走到床邊察看我是否醒了。當她看見我全身是血，嚇得驚慌失措地將我從床上提起來。我一手指著死老鼠，笑著做手勢告訴她，我並沒有受到任何傷害。她又驚又喜，趕緊叫女僕把死老鼠扔到窗外去。然後她把我放在桌上之後，我把那把沾滿鮮血的佩劍給她看，然後用上衣的下擺把劍擦乾淨之後，又把它插進劍鞘裡收好。

農場主人有一個九歲的女兒，她是個非常懂事的女孩，漂亮乖巧，非常擅長做針線活，為了幫我準備一個睡覺的地方，女主人和她想出了一個辦法，把洋娃娃的搖籃整理好，放在一個衣櫃的小抽屜裡，作為我的床鋪。為了防止老鼠，她們把抽屜放在一個懸空的架子上，這樣不僅舒適，而且非常安全。我和這家人住在一起的時候，這裡一直是我的床鋪。

女孩還為我縫製了七件襯衫和一些不同的衣服，雖然她用的是最軟、最細的布料，可是我穿起來卻感覺比粗麻布還要粗糙。但這已經是他們國家最細緻的布料，所以我也只能勉強穿著，還好我很快就適應了。女孩也經常幫我清洗衣服。而且，她還是我的語言教師，當我指著一個東西時，她就會用當地語言告訴我它的名字。

這個女孩非常溫柔可愛，她為我取了一個名字叫「格里瑞格」，後來所有人都這樣稱呼我。這個名字的含義用他們當地語言來說，就是「侏儒」的意思。當然，這個名字對於我的身高來說，是最貼切不

過了。

我在這個大人國能夠安然存活下來，全靠小女孩對我的愛護和照顧。我們一直住在一起，從來沒有分開過。我稱呼她「格蘭黛克里琪」，意思就是「小保姆」。

不久，農場主人家裡有一個小矮人的消息，慢慢傳遍了整個村落。住在附近的人們開始議論紛紛。

他們說：「農場主人在田裡發現一頭小怪獸，樣子很像人。這頭小怪獸會模仿人的動作，牠不僅會用牠自己的語言說話，還學會了本國的幾句話。小怪獸也用雙腳走路，也吃飯睡覺，性情溫良，非常聽從主人的吩咐。牠的四肢是世界上最纖細的，牠的皮膚的顏色比嬰兒還要白嫩。」

有一個農場主人是我這位主人的好朋友，就住在附近。為了確認這個傳聞是否屬實，特地前來拜訪。我的主人就把我拿出來放在桌子上，要求我走幾步路，揮幾下佩劍，再向客人行禮，用當地的語言說歡迎他來。

主人的這個朋友年紀有點大，眼睛有些老花，他看到我的樣子非常驚訝，馬上戴上眼鏡把我從頭到腳觀察一遍。我看到他的兩隻眼睛像滿月一樣，睜得大大的，忍不住大笑起來。當大家發覺我發笑的原因後，也都笑了出來。那個朋友想生氣又不好意思。

但他是一個財迷心竅的人。他見我如此奇特，便想了一個壞主意，勸說我的主人在趕集的日子，把我拿到鄰近的市集去展覽。市集離這裡大約有二十二英里，騎馬大約半個小時的路程。當我看見主人和他悄悄談了半天，有時候還指了指我，便立刻猜到他們是在打壞主意！

第二天早晨，小保姆把事情全部告訴了我。她是從她母親那裡探聽到這個消息。這個可憐的女孩把我放在懷裡，傷心地哭了起來。她不想讓我受到任何傷害，如果把我拿出去展覽，說不定有人會把我捏死，或是扯斷我的手或腳！她說：「我的父母曾經答應過我，你是屬於我的，但現在我卻發現他們騙了我。」

小保姆認為我性情溫和，也很有尊嚴，把我拿出去展覽賺錢，對我而言是一個極大的侮辱。我倒沒有像她那麼激烈反對，一方面我沒辦法改變受他們擺布的命運，另一方面我一直抱著希望，相信自己總有一天能恢復自由。

我的主人照著他朋友的話，在趕集的日子，把我裝進箱子裡帶到鄰近的鎮上。小保姆也跟著一起去了。那個箱子封得緊緊的，只有一個小門可以讓我進出。為了不讓我憋死，箱子上鑽了幾個洞，讓空氣流通。小保姆把她的被褥鋪在裡面，讓我躺下。

雖然去市集，騎馬只須半小時的路程，但這趟旅程卻把我震得昏頭轉向。因為大人國的馬走一步就有四十英尺，我在箱子裡上上下下顛簸，就如同乘坐一艘在大風巨浪裡行駛的船一樣。

走了二十多英里後，我們在一家旅館停下來休息。我的主人和旅館老闆商量過後，就開始布置場地，並派了一個人到鎮上去宣傳，告訴鎮上的居民，綠鷹旅館要展示一頭小怪獸，非常像人，能說幾句話，還會表演一些有趣的把戲。

隔天，人們紛紛趕來看熱鬧。在旅館最大的客房裡，我被放在一張桌子上，小保姆站在桌旁的一張矮凳子上照顧我，並發出指令指導我該怎麼做。我的主人為了避免人潮擁擠，每次只允許三十人進房間裡觀看表演。

於是，我就按著小保姆發出的指令在桌上表演。她用我能夠聽得懂的話，問我一些問題之後，我就盡可能大聲地用當地的語言回答，包括鞠躬、對觀眾行禮、致辭歡迎他們的到來，並說一些我學過的其他語言。

除此之外，我還抽出佩劍，照英國擊劍姿勢賣力地揮舞一番。然後，小保姆遞給我一節麥稈，我把它當長矛又耍了一陣。最後，我拿起一個裝滿酒的頂針，向賓客們敬酒，祝他們健康。這個頂針是小保姆給我當杯子用的。

這天，我為觀眾表演了十二場，一直到我累得快趴下才結束。

人們把我的表演說得活靈活現，使得越來越多人想擠進來看表演。我的主人為了避免發生意外，拿了一些長凳子圍在桌子四周，隔開一段距離，使人們就算伸手也碰不到我。可是，有一個調皮的小孩子把一顆榛子往我的頭扔過來，差一點打中我，那顆榛子對我來說幾乎像西瓜那麼大。不過，我很開心地看到這個小淘氣挨了一頓教訓，被趕了出去。

一天結束了，所有演出都非常受歡迎，我的主人告訴大家，下次趕集的日子會再來表演。

回去以後，我至少花了三天的時間，體力才恢復過來。但是我在主人家也無法完全休息，因為附近有身份地位的人，聽到我的名聲後都特地跑來看我。在名氣越來越大之後，我的主人覺得我可以為他賺更多的錢，於是就決定帶我到其他重要的城市去表演。

1703年8月17日

我到大人國快滿兩個月時，主人帶著我和小保姆動身前往首都「勞布魯格魯德」，用他們的話翻譯過來就是「宇宙的驕傲」。小保姆一直把裝著我的箱子用繩繫在腰上，隨身帶著。還有一個僕人帶著行李，騎馬跟在後面。

我們這一路走得很慢，小保姆也非常體貼我，她不希望馬的步伐把我顛簸得頭昏腦脹。而且，她有時還會把我從箱子裡拿出來，讓我到箱子外面呼吸一下新鮮空氣，看看田野風光。

這趟路我們走了十個星期，我的主人並沒有浪費我的表演才華，除了在沿途許多村子、也先後在十八個大城鎮裡，公開展示我的演出。

10月26日，我們終於到達首都「勞布魯格魯德」。我的主人在離王宮不遠的大街上找了一個住的地方，到處張貼廣告，鉅細靡遺地宣傳我的相貌和技藝。他租下一間寬大的房間，預備了一張桌子供我表演使用，並在桌面四周設置了一道欄杆，以防我跌落。

第十章　王后買下格列佛

我在首都每天都要演出十場，因為觀看的人越來越多，而且他們對我的表演又驚奇又滿意。經過這麼多次的表演後，我已經掌握了當地的語言，也能非常流利的和他們溝通，而且我也能夠聽懂他們對我說的每一句話，還能夠表達出自己的看法。

每天的演出使我非常勞累，幾個星期後，我的身體無法負荷，漸漸變得又瘦又弱。我的主人斷定我快死了，便決定再利用我來為他多賺一些錢。

當他正盤算著怎麼做時，宮中突然派人來找他，命令我的主人馬上帶我到宮裡去，為王后和貴婦們表演。原來，有幾位貴婦看過我的表演，她們把我的樣貌和技藝詳實地向王后描述。王后聽了非常感興趣，於是立刻派人來叫我們進宮。

在王宮裡，我跪下請求王后讓我親一親她的腳。可是，我被放在桌上以後，王后卻伸出小手指讓我親吻。我非常恭敬地親吻了她的指尖，並向她行禮。她問我願不願意住在王宮裡，我很有禮貌地告訴她說：「雖然我是主人的奴隸，但如能重獲自由，我非常願意為王后陛下效勞。」

王后陛下和她的侍女們非常喜歡我的紳士風度。她接著問我的主人，願不願意把我賣一個好價錢。他當然願意，便要價一千塊金幣。王后當場就叫人把錢付給了他。

這也表示我即將離開我的主人和小保姆，於是，我立刻請求王后准許小保姆繼續照料和教導我。王后欣然答應我的請求，也很快就取得農場主人的

同意，他很高興他的女兒被選拔到宮裡，這可是一般人求之不得的好事啊！小保姆也非常歡喜，因為這樣她就不用和我分開了。

接著，王后親自帶我去覲見國王。王后輕輕地把我放在桌子上，她要我向國王敘述自己的故事。於是我向國王行禮，用當地語言簡單地介紹自己的身世和表演了一些技藝。小保姆當時在門口守候，眼睛一直盯著我。後來小保姆也被叫了進來，因為國王要向她求證我落腳她家的一切經過。

國王起初看我用兩腳走路，還以為我是哪個工匠設計的機器人呢！不過，當他看到我彬彬有禮的儀態和流暢的語言表達時，不由得大吃一驚。他對我的自我介紹不為所動，以為這些情節是小保姆和她的父親商量好編出來的，就為了把我賣個好價錢。

國王叫來三位有名的學者來鑑定我。他們非常仔細地觀察我的牙齒，認為我是肉食動物。可是他們無法判定我以什麼為食。他們並不認為我是一種矮人，因為即使連王后最寵愛的那個侏儒，也差不多有三十英尺高。而我的身高簡直和他不能相比。

學者們爭論了很久，最後一致斷定：「這是一頭怪物！」

聽了他們的鑒定，我哭笑不得。我請求他們讓我為自己的樣貌和身世做詳實的解釋。我誠懇地向國王說明：「我來自另一個國家，那裡有幾百萬男女，身材和我差不多；那裡的動物、樹木和房子都和我的身高差不多，所以我在那裡能夠生活、工作。」

學者們聽了我的這番話，輕蔑地笑笑，說或許這些都是農場主人編出來的謊言。國王到底還是明理的，他叫幾位學者離開，單獨召見我的主人。國王詢問了他一些有關我的情況，再對照我和小保姆的話之後，才開始覺得我所敘述的事情可能是真實的。

國王要王后吩咐僕人們要對我特別照顧，同時宣布小保姆可以繼續負責照料我。國王的命令馬上被執行，王宮裡為小保姆安排了一間舒適的房間，還派了一位女教師來教育她。而且，特別安排了一個宮女為她梳妝，以及兩個僕人負責處理雜事。而照顧我的事，則由她全權負責。

王后命令王宮裡的木匠設計一個箱子，作為我的寢室。在我的指導下，他很快就為我造好了一間精巧的房子。這間房子寬十六英尺，高十二英尺，裝著玻璃窗和一道門，還帶有壁櫥，很像一間倫敦式的房間。被當作天花板的那塊板子上裝了兩個鐵門軸，可以開關。王后還命令為她做家具的工匠為我設計了一張小床，從天花板處放了進去。小保姆每天都會把我的小床拿到外面晾曬，夜晚再放回來。

木匠們也為我做了兩張精巧的椅子和兩張桌子。另外，牆壁、地板和天花板也都鋪上了一層厚絨，目的是防止箱子搖晃時我被撞傷。我特別要求安裝一副門鎖，以防老鼠跑進來。為此，一名鐵匠嘗試了好幾回，才完成一副最小的鎖。因為鑰匙實在太細小，怕小保姆會不小心把它弄丟了，我就把鑰匙留在自己的口袋裡。

王后吩咐裁縫們買了一些該國最薄的布料為我做衣服。但布料材質就如同英國的毯子一般厚，非常笨重！衣服是按照大人國的樣版製作，他們的服裝看起來像波斯服裝，也有點像中國服裝，非常好看。

王后非常喜歡我，每天都讓我陪在她身邊，少了我，她幾乎寢食難安。在她的餐桌上，她的左手旁邊為我放了一張桌子和一張椅子。小保姆在靠近我的位子照顧我。王宮還專門為我打造了一套特製的盤子和餐具，但是和王后使用的餐具比起來，我這套特製的餐具大小，差不多就和倫敦玩具店裡洋娃娃房間擺設的餐具一樣。小保姆把這套餐具裝在一個銀盒，收在她的衣服口袋裡，在我吃飯的時候拿出來給我使用，而且飯後她都會親自把餐具洗淨。

同王后一起吃飯的只有兩位公主，大的十六歲，小的十三歲零一個月，然後就是我。王后常常在我的碟子裡放一塊肉，讓我自己切著吃。她喜歡看我用小小的餐刀把肉切得更小塊，一點一點地吃。

對我而言，王后一口吞下去的飯，差不多能抵得上十二個英國農民一頓飯的份量。她吃烤鳥翅膀時，常常連骨頭都一起吞下去。她咬到嘴裡的一塊麵包，有我們平常的兩個大麵包那麼大。她用的餐刀，雖然已經算是非常小巧精緻，但長度依然有我們的兩把鐮刀拉直那麼長。

每逢星期三，國王、王后和王子、公主們照例要在國王的寢宮裡一起用餐。我的小桌椅就放在國王左手邊。國王非常喜歡和我談話，他常常問我一些關於英國的風俗、宗教、法律、政府和學術，我都會盡可能對他詳實說明。但他聽了卻常哈哈大笑，說：「像你們這樣的小傢夥竟然也有爵位和官銜，還有一些稱作房屋和城市的小窩；也會注重裝飾打扮，也有戀愛、戰爭、辯論、欺詐和背叛，真是有點可笑！」

第十一章　王宮驚險

大人國是一個半島，東北邊界是高度三十英里的綿延山嶺，山上有許多火山口，完全不能通行。其他三面環海，但是海岸非常曲折蜿蜒，海面上總是波濤洶湧，沒有人敢駕船去冒險，因此這裡是完全與世隔絕的！

大人國的人口稠密，有五十一座都市、一百個城鎮，還有許許多多的村莊。首都「勞布魯格魯德」被一條大河分成兩半，大約有八萬多戶人家，六十萬左右的居民。

這裡的王宮並不是一棟方方正正的建築，而是占地面積非常寬廣的建築群。王宮內的房間有兩百四十英尺高，非常寬大。王宮的內殿、王后的客廳和寢宮是我日常活動的場所。除此之外，我還到過國王的藏書室，那裡陳列了大約一千本書，最大的書籍紙張就像紙板那樣又厚又硬。

王宮裡的馬廄養了將近六百匹馬，這些馬非常高大，簡直就和大象一樣。每當隆重節日，國王和隨身的五百名騎衛兵騎著馬出現時，那排場之盛大華麗，我還不曾見過這麼壯觀的場面！

國王賞賜了一輛馬車給我和小保姆，小保姆的女教師常常帶我們乘車出去遊玩，或者到街上閒逛。我被放在箱子裡帶著出去，上了馬車，小保姆常常把我從箱子裡拿出來，輕輕握在手裡。當馬車行經大街時，我便可以觀察這裡的風土民情。

除了平常攜帶我出去用的大箱子以外，王后還為我訂做了一個旅行用的小箱子，因為平常使用的大箱子太大，放在馬車裡很笨重。而這個旅行用的小箱子長寬約有十二英尺、高十英尺，裡面的設施非常完善，外觀的設計也非常精巧。箱子的上方裝有鐵環可以讓人提著，其中一面還開了一扇窗戶。在旅行的時候，如果我不想一直坐車，騎馬的僕人就從這個鐵環上穿過一條皮帶，把皮帶繫好固定，然後把箱子放在他面前的墊子上，這樣我就可以從箱子窗戶一覽外面的田野風光。

有了這個實用的小箱子，小保姆便常常把我放在箱子裡，帶我到王宮的花園裡去玩。她有時把我放出來，捧在手上，或者讓我自己到草叢中散步。如果天氣晴朗，這種散步當然極為愜意，但是天氣不好的時候，那可就糟糕了。有一天，小保姆把我放在一塊草地上，讓我自己去走走，她和女教師就在稍遠的地方聊天。

後來，天色漸漸陰暗下來，忽然下起冰雹，把我打倒在草地上。我無助地趴在那裡，全身受到冰雹的痛擊，就像被許多網球打中似的。小保姆也許是忘了我不在箱子裡，所以，她沒有跑來照看我。我花

了四個鐘頭，用盡力氣才爬到一株百里香草下面趴下來，躲避冰雹的襲擊。

因為這場冰雹，我渾身上下都受了重傷，有將近十天的時間臥病在床，不能出門。這其實並不奇怪，因為這裡的冰雹，都和網球的大小差不多，密密麻麻砸在身上，簡直令人疼痛難耐！

還有一次，小保姆把我放在花園裡一個看似非常安全的角落，讓我一個人獨自待在那裡，她因為有事所以先離開。這時，一隻白色的長毛狗忽然跑進花園裡，東轉轉，西嗅嗅，很快來到我附近！牠聞到我的氣味，跑過來一口把我叼起，直奔園丁那兒去。

這隻狗搖搖尾巴，輕輕地把我放在地上。那位可憐的園丁一看，嚇壞了，連忙捧起我，趕緊去找小保姆。小保姆這時已經回到花園，在她原來放置我的角落尋找我的蹤跡，卻四處找不到，正急得要命！當園丁把我送回來時，小保姆把園丁嚴厲地責罵一頓，並告誡他今後不要再把狗放進來。

這件事後來沒有告訴宮裡的人，因為小保姆怕王后生氣，而且我也覺得這不是一件非常光彩的事。而且自發生那件事情之後，小保姆再也不讓我離開她半步。但是對於她的決定，我有點擔心，因此我就向她隱瞞了另外幾次自己遭遇到的危險事件。

記得有一次，我正在花園裡散步，一隻在花園上空翱翔的老鷹突然飛下來抓我，牠的視力真是驚人！要不是我趕快跑到一顆枝葉茂盛的大樹下面躲避，那隻老鷹肯定會把我抓走的！

又有一次，我走到了一個新造的鼴鼠窩上頭，一不小心掉進洞，整個人陷在洞裡，費了九牛二虎之力才爬了出來。為了掩飾窘態，我還編了一套謊話來替自己的髒衣服辯解。

還有一次，我一個人邊走邊發呆，想著我的祖國，不料被蝸牛殼絆了一跤，右小腿因此受了傷……

在四周都是巨人和龐然大物的國度裡生活，總會發生一些意想不到的事情。像是每當我一個人散步的時候，那些小鳥看見我走過來，一點也不怕我，反而很若無其事地在原地找蟲子和種子，彷彿沒有人走近牠們似的。

我記得在英國，只要人們一走近，鳥兒們總是會迅速地飛走。可是在這裡，一隻畫眉鳥都敢從我手中搶走餅乾，那是小保姆給我的早餐，我還沒來得及品嘗一口呢！

有時我去靠近那些鳥，牠們還會大膽地回頭，啄我的手指，使我不敢伸手去抓牠們。我跑開以後，牠們便又若無其事地到處尋覓蟲子和蝸牛。我還曾和一隻紅雀搏鬥過呢！對我來說，那隻紅雀比英國的天鵝還大。

在大人國，由於我的身材太過矮小，因此有時候會遇到一些可笑又麻煩的事情。如果沒有遇上這些事，其實我在這裡的生活應該算非常快活。

王后常常聽我提及航海的事情，她就問我會不會划船。我回答她：「持槳划船難不倒我，不過這裡最小的船，都差不多像我祖國的一級戰艦那樣大，根本沒有適合我划的小船！」於是王后說：「要是你能夠設計出小船的草圖，皇家工匠一定可以製造出來。到時候，我也會提供一個合適的場所，給你划船。」

聽了她的話，我趕緊畫了一張設計草圖。木匠按照我的設計和指導，十天之內就造好一艘小船。

現在有了適合我划的小船，但還缺一個理想的划船場地。於是，王后又命令木匠造了一個木質水槽，裡面塗滿松脂，以預防水槽漏水。這個水槽就放在王宮外殿靠牆的地板上，我就在這個水槽裡悠哉地划船。

我嫻熟的划船技巧和敏捷的身手，讓王后和賓客們看了非常開心。有時我會把船帆拉起來，侍女們拿扇子扇風，我只需要掌舵，就可以順風前進。等她們手酸了，就由另幾位侍從用嘴吹氣，讓船繼續前進。

我掌著舵，一會兒向右划，一會兒向左划，向王后展示我不錯的划船技術。每次划船結束之後，小保姆就會把船拿到她的房裡，掛在釘子上晾著。但是在這裡划船其實也是一件很辛苦的事，也發生過一些意外！

有一次，一位侍女把我的小船放進水槽以後，那個負責教育小保姆的女教師多管閒事，把我提起來往船上放，我忽然從她的手指縫中滑了下去，要不是她衣服上的大別針把我勾住，我準會從四十英尺的高空中跌到地上去！別針的針頭穿過我的襯衫和褲帶，把我吊在半空，小保姆看見後，趕緊跑過來，把我救了下來。

還有一次，一個每隔三天為水槽換水的僕人，沒有發現水桶裡有一隻大青蛙，就把水從桶裡直接倒進水槽。而這隻青蛙就一直躲在水底下，在我要上船的時候，突然冒出來往船上爬，害我的小船失去了平衡！

為了避免翻船，我把身體完全傾向船的一邊，好不容易才把船平衡回來。這隻青蛙不停地在我頭頂上蹦來蹦去。牠那肥大的肚子和突出的眼睛，看起來又醜陋又可怕！小保姆看見了，馬上過來把青蛙趕走，我也用槳狠狠地打了青蛙一下，牠逼不得已，只能跳到水槽外面。

類似的意外真的發生了非常多次。記得有一天早晨，天氣很好，小保姆把裝著我的箱子放在窗臺上，讓我呼吸新鮮空氣。我打開窗戶，欣賞著風景，正想坐下來吃一塊甜餅當早飯時，不料，那甜餅的香味引來了二十多隻黃蜂，飛進我的房間，嗡嗡嗡的聲音比一百架風笛的聲音還響亮！

有的蜜蜂抓住我的甜餅，一點一點地整片搶光；有的在我面前飛來飛去，吵得我快受不了，而且我內心非常忐忑，生怕牠們用尾刺螫我！為了擺脫牠們，我鼓足勇氣，抽出佩劍向牠們揮舞！最後，有四隻蜜蜂被我殺死，其餘的都逃走了。我馬上關緊窗戶，從此再不也敢吃甜餅了。

據我估量，那些蜜蜂大概有我們的松雞那麼大。我拔下牠們尾部的刺，發現牠們的刺尖銳得像根針似的。我把這些刺全都小心地收藏起來，和其他奇特的東西放在一起。後來，回到歐洲以後，我帶著它們到各地展示，返回英國以後，還把其中的三根送給了格雷善學院，自己留下一根。

雖然這些自然界的昆蟲和小動物常常給我帶來許多困擾，但這還不是最令我煩心的。令我最生氣和痛恨的，是王后身邊的那個侏儒！在我還沒來大人國以前，本來他是全國最矮小的人，深受王后寵愛。自從我來到這裡以後，他認為我奪走了他應得的地位，對我態度非常傲慢無禮，總是趾高氣揚、大搖大擺地從我身邊走過，還不時對我冷嘲熱諷！

有一天吃飯的時候，王后從盤子裡拿了一根牛骨，敲出骨髓以後，把那根骨頭放在碟子裡。小保姆正好在拿餐具，不在位子上，那個侏儒便趁機爬上她照料我用餐的凳子上，把我提起來，捏住我的兩條腿，塞進那根牛骨頭裡，我從腰部以下都被塞了進去。當時，我陷在裡面的樣子十分可笑！

差不多過了一分鐘，小保姆才發現我被塞進牛骨，立刻把我救了出來！幸虧那道菜已經沒有那麼燙，所以我的腿才不至於被燙傷，只是襪子和褲子全都被弄髒了！王后知道後，非常生氣，說要懲罰那個侏儒，我不想讓他記恨我，便為他求情，所以最後他只挨了一頓打。

但侏儒並沒有因此感激我，反而更加痛恨我。又有一回，我坐在飯桌上，正安穩地吃著飯，未曾想過會發生意外。不料，那個侏儒竟爬上王后的椅子，抓住我，把我丟進一個裝滿奶油的大碗裡，人就飛快地跑掉了。

我整個人陷進奶油裡，假使我不會游泳的話，說不定就被淹死了！小保姆當時在房裡忙碌著，王后看到後，嚇得手忙腳亂，不知道怎麼救我才好。小保姆這才趕緊跑過來，把我從碗裡撈出來。這時我已經吞下好多奶油了！這次侏儒沒能逃脫懲罰，他被狠狠地打了一頓。不久，王后把他賞給一位貴婦，從此我就再也沒有見到過他。

但要說我在這個國家裡遇到最危險的事情，應該是一隻猴子帶來的！這隻猴子是御膳房裡一個僕人飼養的。有一天，小保姆有事外出，把我關在她的房間裡。由於天氣很熱，房間的窗戶都開著，我平常住的那個大箱子的窗戶也打開來了。我正安安靜靜地坐在桌子邊，忽然聽見有一個東西從屋子的窗戶跳進來，在屋裡東蹦西跑，弄出很大的聲響！

儘管我很害怕，但還是坐在椅子上，按兵不動。後來發現，原來是那隻頑皮的猴子！牠跳到我的箱子前面，對箱子感到非常好奇，在箱子窗口探頭探腦，好像在找什麼東西一樣。牠咧咧嘴巴，吱吱叫了半天，最終還是發現了我。牠從門口伸進一隻爪子，想把我抓出去，儘管我在裡面東躲西藏，但是房間真的很小，最後還是被牠抓住我上衣下擺，拉了出去。

猴子用右前爪抓住我，只要我一掙扎，牠就抓得更緊，我根本無法逃脫！所以，我覺得還是順從一點比較好。牠用另一隻爪子，不停地輕輕撫摸我的頭，大概是把我看成了一隻小猴子。

這時，房門突然打開，好像有人走進來，猴子嚇得馬上跳到牠闖進來的那個窗戶邊，從窗臺跳上房頂，一隻爪子抱著我，連滾帶爬地從屋頂上逃走。在牠跑出窗戶的時候，我聽到小保姆大叫了一聲！可憐的女孩發現我被猴子抓了，幾乎發狂。

我被猴子抓走的消息一傳出，整個王宮頓時大亂。僕人們紛紛跑去找梯子，想盡辦法要捉住這隻猴子。這時猴子坐在一棟房子的屋脊上，用一隻爪子把我當娃娃抱住，用另一隻前爪餵我東西吃。

猴子把從自己嘴巴裡吐出來的食物往我的嘴裡塞。我極力反抗，牠就輕輕地拍拍我，完全把我當作嬰兒一般。下面的人看了，不由得哈哈大笑。我是又氣又急！僕人開始向屋頂上扔石頭，想把猴子趕下來，可是很快就被制止，因為他們不但砸不到猴子，反而隨時可能砸破我的頭！

這時，梯子架好了，有好幾個人爬了上來。猴子一看情況不妙，就把我放在屋頂的一塊瓦片上，自己飛快地逃跑了。我在屋頂上坐了一會兒，一直很擔心自己會被風吹下去，或是暈倒了從屋頂上掉下去。幸好小保姆的僕人及時爬上屋頂，把我放到他的褲子口袋裡，這才安全地把我救下來。

但是那隻可惡的猴子把我的腰捏傷了，害我在病床上躺了兩個星期。在這期間，國王、王后和宮裡的人，每天都來探望，不時關心我的病況。後來聽說那隻猴子又惹了其他禍事，被下令撲殺。此後，王宮裡再也不准飼養這種動物。痊癒後，我去向國王謝恩，他還一直拿這件事和我開玩笑。

第十二章　巨鷹叼走格列佛

算一算我已經在這個國家裡待了整整兩年，每天都會發生一些難以想像的事情。第三年初，小保姆和我陪著國王和王后到南海岸去視察，和往常一樣，我被放在旅行用的小箱子裡，被帶著一同前往。木匠在這小屋子的屋頂上正對著吊床中間的地方，開了一個天窗，讓我透氣。天窗有木板，順著凹槽能夠前後移動，我隨時可以開關。

當我們到一個靠海的城市時，國王決定在這裡逗留幾天。但是小保姆生病了躺在床上不能出門，而我又想去海邊走走。

說實話，我內心裡總有一股強烈的渴望，認為自己有一天一定會恢復自由，只是一直找不到什麼辦法逃離這裡。現在遠離王宮，靠近海邊，我覺得這或許是我唯一可以逃走的機會。於是我假裝胸口有點悶，要求一個僕人帶

我到海邊去呼吸新鮮空氣。

那位僕人提著我的箱子，把我帶出去。走了大約半個鐘頭，來到海邊遍布岩石的地方，我示意他把箱子放下。我心事重重地望著大海，苦惱著：「沒有船，也沒有其他交通工具，我怎麼離開這裡呢？」

眼看逃離大人國的計畫泡湯，我有點失意。過了一會兒，我告訴僕人說：「我的身體不太舒服，想在吊床上睡個覺休息。」僕人看我躺上吊床，怕我著涼，便關了箱子上的窗戶。

在我睡著的時候，那個僕人也許認為這個地方非常安全，不會有什麼危險，所以就跑去岩石縫裡找鳥蛋了。突然，我驚醒過來，感覺箱子上面的鐵環被用力拉了一下，然後箱子被吊起，升到高空，接著飛快地往前移動。

剛剛那用力的一拉，震得我差點從床上掉下來，我拼命地大聲呼救，可是一點用都沒有！我打開窗戶望出去，發現只能看見雲和天空，別的什麼也看不到！接著，我聽見就在我的頭頂上，有不斷拍打翅膀的聲音，這才瞭解

自己的處境有多危險！

拍打翅膀的聲音越來越大，整個箱子也劇烈地搖晃著。然後，我聽見幾下碰撞的聲音，接著就發現自己正在垂直地往下掉，那速度快的驚人！突然，一聲巨響，降落驟然停止！這時，我完全陷在黑暗裡！然後箱子又緩緩往上升，我從窗戶縫中望見亮光，耳邊也傳來海浪的聲響。我這才知道自己已經掉到海裡，又浮了起來。

事後我分析，當時應該是，有一隻巨鷹在海邊叼起我的箱子，飛上高空，後來，這隻巨鷹又被另外兩、三隻巨鷹追趕，那隻巨鷹在空中與牠們搏鬥的時候，不慎把我扔下海，我就垂直地降落在大海上。

幸運的是，我的箱子非常堅固，箱子底部的鐵板，使箱子在落下的時候能保持平衡。而箱子接縫的地方都嵌得很緊，所以，滲進來的水很少。

後來我聽見外面只有海浪的聲音，就試著打開屋頂上那扇透氣用的天窗，但我只能推開一點點，或許是因為已經卡牢。我突然感到非常絕望，即使剛才被扔下來沒有摔死，但現在這樣被關在一個小箱子裡，看不到外面，跑不出去，除了悲慘地凍死、餓死之外，我到底還能指望什麼呢！

忽然，我聽到箱子裝有鐵環的那一面發出一陣巨大的響聲。過了一會兒，我感覺箱子似乎在海裡被什麼拖著走，因為我感受到了一股拉拽的力量，而且窗戶外面的波浪聲也大了起來。這讓我燃起一絲獲救的希望，雖然我想不出來箱子為什麼會被拖著走？

我用力地扭開鎖在地上的一張椅子的螺絲，把椅子移到我剛剛稍微打開的窗口下，我爬上椅子，拼命把嘴靠近窗口，用我懂的各種語言大聲呼救！我又把手帕綁在隨身攜帶的手杖上面，伸到窗外去，在空中揮舞了好幾遍！

但是，所有的努力似乎都沒有得到太多的回音。不過，我明顯感覺到箱子仍繼續被拖著往前走。就這樣，我在忐忑不安中度過了一個鐘頭，箱子突然「砰！」地撞上一個堅硬的東西。我擔心那是礁石，但是我感覺箱子搖晃得更厲害了！

這時，我清清楚楚地聽見，在屋頂上方有一個聲音，像是纜繩穿過鐵環發出的聲音。接著，我的箱子便不停地上升！我再一次把手杖連手帕伸出去，拼命大聲呼救，叫得嗓子都啞了！

終於，上方傳來腳步聲，有人對著窗口的地方大聲問道：「下面有人嗎？請回答！」

我趕緊回答：「我是英國人，不幸被困在這個小箱子裡，求你們把我從這個暗房裡救出去！」

那人回答：「你現在已經安全，你的箱子已經跟大船繫住了。等木匠來把箱子鋸開，我們就會馬上把你拉上來。」

我說：「這太浪費時間了，你們只要用一個手指頭勾住鐵環，把箱子從海裡提到船上，放到船長室裡去就行了！」

他們聽到我的回答，以為我急得瘋言瘋語，全都哈哈大笑起來！因為我完全沒有想到，這次我遇見的是和我身材一樣的人！

很快，木匠來了，歷時幾分鐘把箱子鋸開了一個四英尺寬的洞口。接著，一架梯子被放下來，我非常吃力地往上爬，此時，我的身體非常虛弱，等他們合力把我拉到大船上，我一倒在甲板便無力再動彈。

水手們看見這個箱子裡竟然走出來一個大活人，都非常驚訝，圍著我問了上百個問題，我實在沒有辦法一一回答。而且，我看見這麼多的「矮人」，也大吃了一驚！不久，船長來到甲板上，看見我快要暈厥，就把我帶到船艙裡，讓我躺到他的床上，好好休息。

在休息前，我告訴船長，那箱子裡有幾件貴重的家具，丟了太可惜。於是，船長派了幾個人到那小屋裡，把全部東西都搬了上來。可惜，牆上墊的布料被他們扯下來，椅子、櫃子和床架本來固定在地板上，被那些水手用力拖拉之後，除了櫃子以外，其他東西都被弄壞了……

第十三章　僥倖得救

一覺醒來，已是晚上八點左右，我的體力稍微恢復了。這時，我感到飢腸轆轆，船長馬上吩咐水手們為我準備晚飯，很懇切地招待我。用餐時，他要我談一談旅行經過。他對於我被關到大木箱裡，在海上漂流的經歷，感到非常好奇。我則請他先講一講，他們是怎麼發現我的？

他說：「中午十二點左右，水手們從望遠鏡裡看見了一個巨大的東西，還以為是一艘船。靠近一點以後，發現並不是船，於是，我就派人划小艇去查看那到底是什麼東西。」

可是水手們嚇得跑回來，發誓說他們說看見一座浮動的房子。船長笑水手們說傻話，自己也半信半疑的，所以就親自登上小艇，還吩咐水手們帶一條結實的纜繩前去察看。

當時風平浪靜，他們繞著箱子轉了幾圈，看見我的窗戶，又發現箱子的上面有個鐵環，於是，他叫水手們把小艇划過去，拿纜繩繫住鐵環，把這座「浮動的房子」往大船的方向拖回來。

拖到船邊以後，他命令水手們再拿一條纜繩繫住箱頂的鐵環，利用滑輪往上拉。他說，他們看到我的手杖連手帕從洞裡伸出來揮舞，就斷定一定是哪個倒楣的人被關在裡面了。

我問船長：「在發現我之前，你們有沒有看到天上有什麼大鳥？」

船長不明白我問這句話的用意，但他回答說：「在你睡著的時候，我和水手議論過這件奇怪的事，有一個水手說他看見三隻巨鷹向北方飛去。」

我又問船長：「現在我們離陸地還有多遠。」

他說：「至少有一百海里。」

我告訴他：「你一定算錯了，因為我掉到海裡的時候，應該距離我來的那個地方還不到兩個鐘頭。」

他聽我這樣說，認為我神經錯亂，要我再回去他為我準備的房間休息。

我告訴船長：「我受到你們很好的招待，已經完全恢復過來，而且我非常正常，並沒有在說瘋話。」

船長板起面孔，不客氣地問我：「你是不是犯了什麼滔天大罪，所以受到處罰，而被丟在那個箱子裡面？」

為了打消他的疑慮，我請求他耐心聽我講述我的經歷。然後，我把自己離開英國，一直到他發現我為止的來龍去脈，詳細地交代了一遍。這位正直的船長馬上就相信了我所說的一切。

為了進一步證明我所說的是實話，我請他叫人把我的小櫃子拿來。我的衣服口袋裡還有鑰匙。我當著他的面打開小櫃子，讓他們看我搜集的寶貝：一顆巨人的牙齒，幾枚長一英尺的縫衣針和別針，四根巨蜂的刺，王后的一綹頭髮，還有她賜給我的一個金戒指。

為了報答船長的照顧，我想把那個戒指當作禮物送給船長，但是他堅決地拒絕了。聊了這麼多奇聞異事，最後他問我：「你說話的聲音為什麼這麼大，是不是那個國家的國王或王后的耳朵不靈。」

我告訴他：「兩年多來，我已經習慣這樣說話，因為如果不用這樣的音量，巨人根本聽不到。」相反地，我倒覺得他和水手們的聲音很奇怪，像是在說悄悄話，我聽得不是很清楚。因為在那個大人國裡，只有把我放在桌上，或拿在他們的手裡，才不必說得那麼大聲。

我也告訴船長：「我剛上船的時候，水手們圍著我站，我還以為他們是我生平見過最矮的人呢！同時，周圍的一切都顯得那麼小，我已經完全不習慣了！」我想，是因為在那個巨人國裡，我只注意那些龐然大物，對自己的渺小卻視而不見，就像人們看不見自己的短處一樣啊！

1706年6月8日

返回英國的一路上，航行非常順利。當大船終於抵達唐茲港時，離我脫險大約過了九個月。我提議將自己帶出大人國的東西留下來當作船費，但是船長堅持拒絕，一毛錢也不收。我們互相告別，從此成了真心的好朋友。

在走回家的路上，我看見一旁房屋、樹木、牲口和人，都覺得很矮小。我擔心踩到路上的每一個行人，所以老是大聲喊叫，要他們讓路！我這種無禮又可笑的舉動，讓行人覺得非常不解而且不悅。

抵達家門後，一個僕人為我開門。我怕碰到頭，所以不由自主地彎下腰進門。我的妻子跑出來，激動地上前擁抱我，我不禁把身子彎低，以為不這樣，她就沒辦法碰到我。我女兒坐在一旁，可是已經習慣站著抬頭看六十英尺以上高處的我，直到她站起來才看見她。

朋友們得知我平安歸來，都來探望我，我也習慣低下頭看著他們，就好像他們都是小矮人，而我是巨人一樣。每次看到妻子和女兒纖細的身材，我都忍不住對妻子說：「你太節省了，把自己和女兒都餓得不成樣！」

這些傻話和一些可笑的舉動，讓她們斷定我應該是受了什麼強烈刺激，精神失常。我不管怎麼解釋，她們都無法理解。看來，一個人的習慣和成見對人的影響真的很大呀！

過了一段時間，我才逐漸適應正常的生活，和親朋好友們慢慢地互相恢復正常的溝通。後來，我的妻子就堅決反對我再出門航行，因為她完全不敢想像我又會發生什麼事情！

★ 愛麗絲夢遊奇境

瘋狂的帽匠和三月兔，暴躁的紅心王后！跟著愛麗絲一起踏上充滿奇人異事的奇妙旅程！

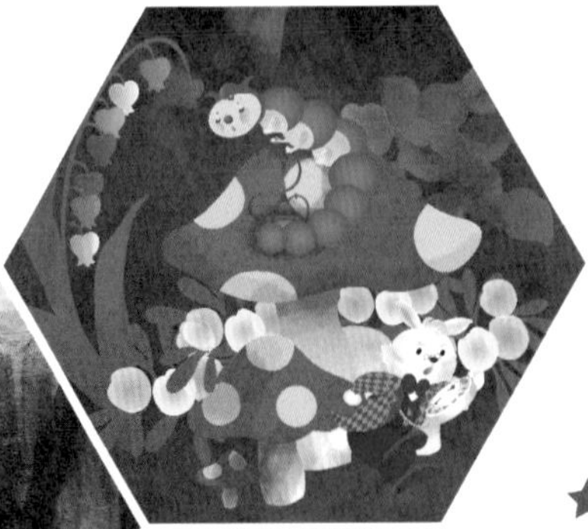

★ 柳林風聲

一起進入柳林，看愛炫耀的蛤蟆、聰明的鼴鼠、熱情的河鼠、和富正義感的獾，猶如人類情誼的動物故事。

★ 叢林奇譚

隨著狼群養大的男孩，與蟒蛇、黑豹、黑熊交朋友，和動物們一起在原始叢林中一起冒險。

彼得・潘 ★

彼得・潘帶你一塊兒飛到「夢幻島」，一座存在夢境中住著小精靈、人魚、海盜的綺麗島嶼。

杜立德醫生歷險記 ★

看能與動物說話的杜立德醫生，在聰慧的鸚鵡、穩重的猴子等動物的幫助下，如何度過重重難關。

一千零一夜 ★

坐上飛翔的烏木馬，讓威力巨大的神燈，帶你翱遊天空、陸地、海洋神幻莫測的異族國度。

影響孩子一生的 奇幻名著

想像力，帶孩子飛天遁地

灑上小精靈的金粉飛向天空，從兔子洞掉進燦爛的地底世界……
奇幻世界遼闊無比，想像力延展沒有極限，只等著孩子來發掘！
奇幻國度詭譎多變，請幫迷路的故事主角找回他們的冒險舞臺！

★ 西遊記

蜘蛛精、牛魔王等神通廣大的妖怪，會讓唐僧師徒遭遇怎樣的麻煩，現在就出發前往這趟取經之路。

★ 小王子

小王子離開家鄉，到各個奇特的星球展開星際冒險，認識各式各樣的人，和他一起出發吧！

★ 小人國和大人國

格列佛漂流到奇幻國度，幫小人國攻打敵國，在大人國備受王后寵愛，還有哪些不尋常的遭遇？

快樂王子 ★

愛人無私的快樂王子，結識熱情的小燕子，取下他雕像上的寶石與金箔，將愛一點一滴澆灌整座城市。

以人為鏡，習得人生

正直、善良、堅強、不畏挫折、勇於冒險、聰明機智……
有哪些特質是你的孩子希望擁有的呢？
又有哪些典範是值得學習的呢？

【影響孩子一生的人物名著】
除了發人深省之外，還能讓孩子看見
不同的生活面貌，一邊閱讀一邊體會吧！

★安妮日記

在納粹占領荷蘭困境中，表現出樂觀及幽默感，對生命懷抱不滅希望的十三歲少女。

★清秀佳人

不怕出身低，自力自強得到被領養機會，捍衛自己幸福，熱愛生命的孤兒紅髮少女。

★海倫凱勒自傳

自幼又盲又聾又啞，不向命運低頭，創造語言奇蹟，並為身障者奉獻一生的世紀偉人。

★福爾摩斯探案故事

細膩觀察，邏輯剖析，揭開一個個撲朔迷離的凶案真相，充滿智慧的一代名偵探。

★湯姆歷險記

足智多謀，正義勇敢，富於同情心與領導力等諸多才能，又不失浪漫的頑童少年。

★海蒂

像精靈般活潑可愛，如天使般純潔善良，溫暖感動每顆頑固之心的阿爾卑斯山小女孩。

★環遊世界八十天

言出必行，不畏冒險，以冷靜從容的態度，解決各種突發意外的神祕英國紳士。

★魯賓遜漂流記

在荒島與世隔絕28年，憑著強韌的意志與不懈的努力，征服自然與人性的硬漢英雄。

★岳飛傳

忠厚坦誠，一身正氣，拋頭顱灑熱血，一家三代盡忠報國，流傳青史的千古民族英雄。

★三國演義

東漢末年群雄爭霸時代，曹操、劉備、孫權交手過招，智謀驚人的諸葛亮，義氣深重的關羽，才高量窄的周瑜……

影響孩子一生的世界名著

跨時空，探索無限的未來

騎上鵝背或者跳下火山，長耳兔、青鳥或者小鹿
百年來流傳全世界，這些故事啟蒙了爸爸媽媽、阿公阿嬤。
從不同的角度窺見世界，透過閱讀環遊世界！

【影響孩子一生的世界名著】

最適合現代孩子的編排，耳熟能詳的經典故事
呈現嶄新面貌，啟迪閱讀的興味與趣味！

★小戰馬

動物小說之父西頓的作品，在險象環生的人類世界，動物們的頑強、聰明和忠誠，充滿了生命的智慧與尊嚴。

★騎鵝旅行記

首位諾貝爾文學獎女作家寫給孩子的童話，調皮少年騎著白鵝飛上天，在旅途中展現勇氣、學會體貼與善待動物。

★好兵帥克

最能表彰捷克民族精神的鉅著，直白、大喇喇的退伍士兵帥克，看他如何以戲謔的態度，面對社會中的不公與苦難。

★祕密花園

有錢卻不擁有「愛」。真情付出、愛己及人，撫癒自己和友伴的動人歷程。看狄肯如何用魔力讓草木和人都重獲新生！

★小鹿斑比

聰明、善良、充滿好奇的斑比，看他如何在獵人四伏的森林中學習生存法則與獨立，蛻變為沉穩強壯的鹿王。

★青鳥

1911年諾貝爾文學獎，小兄妹為了幫助生病女孩而踏上尋找青鳥之旅，以無私的心幫助他人，這就是幸福的真諦。

★頑童歷險記

哈克終於逃離大人的控制和一板一眼的課程，他以為從此逍遙自在，沒想到外面的世界，竟然有更多的難關！

★森林報

跟著報導文學環遊四季，成為森林知識家！如詩如畫的童趣筆調，保證滿足對自然、野生動物的好奇。

★地心遊記

地質教授李登布洛克與姪子阿克塞從古書中發現進入地底之秘！嚮導漢斯帶領展開驚心動魄的地心探索真相冒險旅行！

★史記故事

認識中國歷史必讀！一探歷史上具影響力及代表性的人物的所言所行，儘管哲人日已遠，典型仍在夙昔。

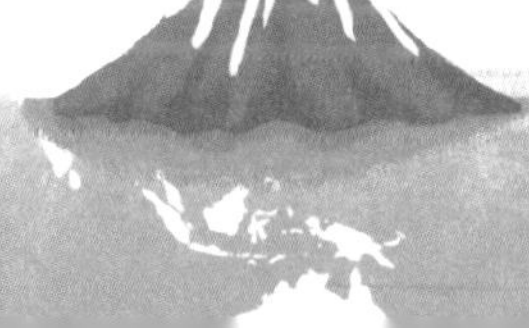

影響孩子一生名著系列 13
格列佛遊記：
小人國和大人國
迎向浩瀚的海洋，勇敢踏上未知的冒險
ISBN 978-986-95844-6-3 / 書 號：CCK013

作　　者：喬納森 • 斯威夫特 Jonathan Swift
主　　編：陳玉娥
責　　編：顏嘉成、黃馨幼
插　　畫：劉若瑜
美術設計：蔡雅捷、鄭婉婷

出版發行：目川文化數位股份有限公司
總 經 理：陳世芳
行銷企劃：朱維瑛、許庭瑋、陳睿哲
法律顧問：元大法律事務所 黃俊雄律師
台北地址：臺北市大同區太原路 11-1 號 3 樓
桃園地址：桃園市中壢區文發路 365 號 13 樓
電　　話：(03) 287-1448
傳　　真：(03) 287-0486
電子信箱：service@kidsworld123.com
劃撥帳號：50066538

國家圖書館出版品預行編目 (CIP) 資料

小人國和大人國 / 喬納森 . 斯威夫特作 . — 初版 . —
臺北市 ： 目川文化 ， 民 107.07
面 ；　公分 . --（影響孩子一生的奇幻名著）
ISBN 978-986-95844-6-3（平裝）

873.59　　107009991

網路書店：*www.kidsbook.kidsworld123.com*
網路商店：*www.kidsworld123.com*
粉 絲 頁：FB「悅讀森林的故事花園」

印刷製版：長榮彩色印刷有限公司
總 經 銷：聯合發行股份有限公司
地址：新北市新店區寶橋路 235 巷
6 弄 6 號 4 樓
電話：(02) 2917-8022
出版日期：2018 年 7 月（初版）
定　　價：280 元

建議閱讀方式

型式	圖圖圖	圖圖文	圖文文		文文文
圖文比例	無字書	圖畫書	圖文等量	以文為主、少量圖畫為輔	純文字
學習重點	培養興趣	態度與習慣養成	建立閱讀能力	從閱讀中學習新知	從閱讀中學習新知
閱讀方式	親子共讀	親子共讀 引導閱讀	親子共讀 引導閱讀 學習自己讀	學習自己讀 獨立閱讀	獨立閱讀